Alois Brommelhuber

Lu.Ziefer

Dr. Geitberg und der Aberglaube

Aus dem Leben eines Amtstierarztes

1. Auflage 2004

Gartenstraße 63, 88212 Ravensburg
Satz und Gestaltung: Verlag Schwäbischer Bauer, Ravensburg
Druck: Reckholder Druck & Werbung, 88074 Meckenberuen
ISBN-Nummer: 3-931579-06-9

Vorwort des Verfassers

Die Ereignisse, die sich mit Hexerei und Aberglauben beschäftigen, sind selbst erlebt oder wurden mir glaubhaft berichtet. Auch die anderen Fälle aus der Praxis eines Amtstierarztes sind authentisch. Nur Weniges ist dazu erfunden, um einen zusammenhängenden Roman zu schreiben. Namen und Orte wurden maximal verfälscht, Ähnlichkeiten mit lebenden oder toten Personen etc. sind nicht beabsichtigt und rein zufällig.

Alois Brommelhuber

Inhaltsverzeichnis

„Der Feind, der dies gesät hat, ist der Teufel;
die Ernte ist das Ende der Welt ...“
Mt 13,39

Der Teufel

15. Oktober

„Den Teufel habe ich schon persönlich gesehen!“

„Was, sind Sie sicher?“

Dr. Geitberg sträubten sich die Haare, er machte große Augen und konnte kaum glauben, was sein Gegenüber ihm erzählte. Vor ihm saß ein erwachsener Mann, den er als glaubwürdig und ernsthaft kennen gelernt hatte. Der Bauer Häberle trieb einen großen Hof um, war Mitglied des Kirchengemeinderates und hatte eine Familie mit erwachsenen Kindern.

Außerdem war er in einigen Vereinen tätig, zum Teil auch als Vorsitzender. Dass dieser Mann abergläubisch war, konnte er sich nicht vorstellen. Also fragte er nach: „Erzählen Sie, was haben Sie gesehen?“

„Sie kennen doch meinen Nachbarn, den Hans Eipperle, der oben auf dem Berg seinen Hof hat. Es war in der Zeit zwischen Weihnachten und Neujahr. Diese Nächte heißen Freinächte, da ist alles Mögliche unterwegs, was Gott verboten hat. Mit dem Eipperle saß ich nun in einer Kneipe, Sie wissen schon, die unten im Tal, sie hat den Namen „Höll“. Wir hatten etwas zu besprechen, es ging um einen Acker, den Eipperle verkaufen wollte.

Wir hatten uns schnell geeinigt und gingen bald nach Hause. Getrunken hatten wir nicht viel, jeder nur ein Bier. Es war eine helle Vollmondnacht, ein leichter Wind wehte und nur wenige Wolken zogen am Himmel. Die Bäume standen wie schwarze Gerippe vor dem hellen Himmel. Auch wenn es dafür keinen Grund gab, fühlten wir uns etwas unheimlich. Irgend etwas stimmte nicht. Obwohl es taghell war sahen wir ihn erst unmittelbar vor uns: Wie von nirgendwoher kam uns ein großer, auffallend gekleideter Mann entgegen, er hinkte leicht. Er hatte einen weiten schwarzen Mantel dicht um sich geschlungen, so dass man nur sein Gesicht sehen konnte. Auf dem Kopf trug er einen großen breitrandigen Hut mit einer langen Feder. Der Mond beleuchtete sein Gesicht, man konnte es aber nur kurz betrachten. Zum Teil war es durch einen schwarzer Vollbart verborgen.

Sein Blick ging uns durch und durch, so dass es mir kalt den Buckel hinunter lief. Ein kurzer Gruß, dabei leuchteten vollkommen schöne Zähne. Wir grüßten ebenfalls und schritten schnell weiter. Wie auf Kommando drehten wir uns nach einigen Metern um und sahen, dass er einen Pferdefuß hatte. Für uns war sofort klar, wem wir da begegnet waren. Ohne uns abzusprechen rannten wir wie die Hasen nach Hause. Ob es nach Schwefel gerochen hatte, wussten wir nachher nicht mehr. Jedenfalls habe ich mich noch selten in meinem Leben so gefürchtet wie damals. Glauben Sie mir, Herr Doktor, ich habe das erlebt, ich werde es nie vergessen, und Eipperle ist mein Zeuge. Und betrunken waren wir sicher nicht."

Geitberg lief es kalt über den Rücken. Was ihm Häberle erzählt hatte, war zu ernsthaft, um darüber zu lächeln, er wusste nicht, was er davon halten sollte. Auch der dritte Mann in der Runde, Herr Rückner, nickte bedeutungsvoll, schien aber anderer Meinung zu sein.

Wie waren sie zu diesem Thema gekommen?

Dr. Geitberg war Amtstierarzt in der nächsten Kleinstadt. Er hatte die fünfzig überschritten und bezeichnete sich gerne als „alten Hase". Seinen Dienst versah er seit ungefähr zwanzig Jahren. An diesem Morgen saß er schon seit einigen Stunden an seinem Schreibtisch und erledigte Papierkram.

Da klingelte das Telefon : „Hallo, Herr Doktor, guten Tag, hier spricht Rückner vom Viehversicherungsverein, ich brauche Sie. Wir haben hier einen Problemfall. Die Schadenssumme ist viel höher als üblich. Da müssen wir hin, ich möchte auch gerne unseren Vorsitzenden Häberle mitnehmen."

„Guten Tag, Herr Rückner, ich freue mich, Sie zu hören. Um wen handelt es sich denn?"

„Kennen Sie den Hof Stapfer? Etwas nördlich von Wengen?"

„Ja, da war ich früher schon öfters." – Sie vereinbarten einen Termin gleich für den Nachmittag.

Eine der Aufgaben des Veterinärs war es, dem örtlichen Viehversicherungsverein als Tierarzt zur Verfügung zu stehen. Ein Viehversicherungsverein ist eine Vereinigung von Bauern, die sich gegenseitig helfen, wenn ein Tier zu Schaden gekommen ist. Wenn nun ein Bauer so viele Verluste hat, dass der Schaden von der Gemeinschaft nicht mehr getragen werden kann, geht eine Kommission zu ihm, um die Tierhaltung zu überprüfen.

Und so hatten sich Geitberg, Häberle und Rückner getroffen, um nach einem derartigen Hof zu sehen. Herr Rückner war früher am Landwirtschaftsamt beschäftigt gewesen und inzwischen pensioniert. Er führte jetzt die Geschäfte des Viehversicherungsvereins. Häberle war bei der letzten Vollversammlung als Vorsitzender gewählt worden.

Auf Häberles Hof hatten sie sich verabredet und waren gemeinsam mit dem alten Daimler von Geitberg zum Betrieb Stapfer gefahren.

Unterwegs tauschten sie aus, was sie über den Betrieb wussten. Der Veterinär berichtete: „Man hat mir erzählt, dass der Hof früher einmal reich und angesehen war. Der Reichtum stieg ihnen zu Kopfe und sie hielten Hof wie auf einem Fürstensitz. Zur Kirche fuhr man vierspännig, die Honoratioren wie Landrat und Bürgermeister gaben sich die Klinke in die Hand, sie wurden natürlich aufs Feinste bewirtet. Das ging auf die Dauer nicht gut, und die Schulden nahmen zu.

Wie sagt der Lateiner: «Sic transit gloria mundi» (so vergeht der Ruhm der Welt). Der Sohn, der heute den Hof umtreibt, übernahm eine Menge Schulden und kam nicht mehr zurecht. Er hält es zu Hause nicht mehr aus und macht lieber Musik auf Hochzeiten oder treibt sich sonst wo herum. Für Neuheiten ist der aber stets zu haben und hat schon viel Geld mit neuen Maschinen und Investitionen kaputtgemacht. Vor vielen Jahren kam ich einmal auf den Hof, da hatte er sich etwas Besonderes einfallen lassen.

Die neueste Mode waren Gülle-Hochsilos. Diese Anlage musste er auch gleich haben. Irgendwie wurde aber beim Bau gepfuscht. Jedenfalls hielt das Bauwerk dem Druck der Füllung nicht stand, platzte und der Inhalt, einige Tonnen Gülle, ergoss sich plötzlich ins Freie.

Ein gewaltiger Schwall lief den Hang hinab, drückte die Türe des Hauses auf und füllte die ganze Wohnung aus. Die Familie saß gerade beim Essen und plötzlich bis zum Hals in der braunen Brühe. Gott sei Dank ist nichts Ernsthaftes passiert. Das gesamte Mobiliar war vernichtet, die Wände mussten frisch geweißelt werden.

Als ich hinkam - es war ein Tag nach dem Unfall - hörte niemand auf mein Rufen, alle waren beim Nachbarn, da sie den fürchterlichen Gestank nicht aushalten konnten. Aber inzwischen dürfte alles wieder - geruchsfrei - in Ordnung sein. Es dauerte damals fast eine halbe Stunde, bis jemand mein Hupen hörte und auf den Hof kam. Das kranke Tier, zu dem ich gerufen wurde, war übrigens nicht mehr zu retten. Man hatte vor Aufregung die Geburt einer Kuh übersehen. Das Kalb war inzwischen tot und im Mutterleib in Verwesung übergegangen. Das stank einige Meter im Umkreis. Es war unmöglich, die verweste Frucht aus der Kuh herauszubekommen. Das Tier konnte nur noch getötet werden. Ich weiß noch, dass wir darum stritten, ob man die Kuh schlachten könne, und ob das Fleisch noch zu verwerten sei. Sie kennen ja den Satz: «Ich mag das nicht mehr essen, Herr Doktor, aber verkaufen können wir es doch sicher noch.» Aber noch eine Kuriosität kommt mir in Erinnerung: vor dem Hof steht ein Holzgerüst, zirka vier Mal vier Meter groß und etwa vier Meter hoch. Kein Mensch weiß, für was das Ding nütze ist, und Stapfer sagt nichts. Ich bin mal gespannt, ob wir heute herausbekommen, was das Gerät führ einen Sinn hat."

Es war ein strahlender Herbsttag, am blauen Himmel segelten weiße Wolken, die Luft war kühl und es ging ein empfindlich kalter Wind. In der Ferne grüßten die Alpen, die Gipfel leuchteten bereits weiß verschneit. Das Laub war schon zum großen Teil von den Bäumen gefallen. Nur wenige braunrote Blätter hingen noch an den Zweigen. Auf den Wiesen fanden noch einige Rinder die letzten Grashalme als nicht mehr ergiebiges Futter.

Der Hof lag malerisch auf einem Hügel, zeigte aber deutliche Zeichen des Zerfalls. Das Dach war teilweise eingefallen, um den Hof verrotteten wertvolle landwirtschaftliche Maschinen. Viele Läden an den Fenstern hingen schief. Unzählige Brennnesseln umgaben das Anwesen. Tatsächlich stand auch unter einem uralten Lindenbaum ein eigenartiges Holzgestell. Es bestand aus Brettern und Balken und bildete ein großes Podium, es reichte fast zu den unteren Zweigen des mächtigen Baumes.

Als sie auf den Hof fuhren, bellte ein Hund sie wütend an. Eine lange Kette begrenzte seinen Spielraum. Sie stellten den Wagen so ab, dass der Lack von der Kette nicht zerkratzt werden konnte. Geitberg hatte in dieser Hinsicht mit dem Vorgänger dieses Autos schon schlechte Erfahrungen gemacht. Sie hupten so lange, bis sich eine Tür öffnete. Die Bäuerin kam zum Vorschein und begrüßte sie misstrauisch. Frau Stapfer, einer älteren Frau, sah man an, dass sie in ihrem Leben viel gearbeitet hatte. Die Männer stellten sich vor und erklärten ihr Vorhaben.

„Wir kommen vom Viehversicherungsverein. Es tut uns leid, dass wir Sie belästigen müssen, aber bitte haben Sie Verständnis. Auf ihrem Hof haben sich in letzter Zeit so viele Schadensfälle ereignet, dass wir nachsehen müssen."

Herr Rückner zog aus seiner Aktentasche eine Menge von Papieren und blätterte darin. Der Wind verwehte einige Seiten, die Männer stürzten sich darauf und hoben sie auf. Die Bäuerin lud sie ein: „Kommen Sie doch herein, dann können Sie Ihre Papiere auf den Tisch legen. Ich kann Ihnen auch einen Kaffee machen, es dauert nur eine Weile."

„Wir kommen gerne ins Haus, Kaffee wollen wir aber keinen trinken."

Sie betraten den Hausflur des alten Bauernhauses und wurden in die gute Stube geleitet. Hier sah es besser aus als in der Umgebung des Hofes. Die Zimmer - so weit sie hineinschauen konnten - waren aufgeräumt und ordentlich sauber. Schwere Möbel, viele Bilder von den Kindern an der Wand, ein Rehgeweih, und natürlich der Fernseher. An einer Wand verbreitete ein breiter Kachelofen gemütliche Wärme. Auf dem Sofa schlief eine Katze, es wirkte sehr behaglich.

Später versuchte Geitberg die Katze zu streicheln, er bemerkte verblüfft, dass sie ausgestopft war. Rückner breitete auf dem Tisch seine Unterlagen aus. Die einzelnen Schadensfälle wurden der Reihe nach aufgearbeitet. Die Frau klagte, dass so viele Tiere ohne erkennbaren Grund verendet seien. Auch der Tierarzt habe nicht mehr helfen können.

„Es ist ein Jammer, wenn der Bauer so oft nicht da ist. Ich werde alleine mit der Arbeit nicht mehr fertig."

„Ist denn niemand da, der Ihnen helfen könnte?"

„Die Kinder sind aus dem Haus und wollen von der Landwirtschaft nichts mehr wissen. Und so geht es immer weiter bergab."

Rückner klappte seine Akten wieder zu und meinte: „Ich glaube, es bringt nichts, wenn wir die einzelnen Fälle abhandeln. Wir sollten besser in den Stall gehen und uns das Vieh ansehen."

Der Wind pfiff ihnen ins Gesicht, als sie das Haus verließen. Auf dem Weg zu Geitbergs Auto fiel ihnen ein weitestgehend zugewachsenes Autowrack auf. Viele Büsche überragten das Autodach. Die Zweige trafen sich, so dass im Sommer das Wrack kaum zu sehen sein dürfte. Obwohl das Fahrzeug sicherlich schon viele Jahre dort stand, führte ein gut ausgetretener Trampelpfad durch die Brennnesseln hin.

„Wer wohnt denn in diesem alten Rostkasten? Der scheint ja öfters benutzt zu werden?"

Die Bäuerin lief rot an. Es war ihr offensichtlich peinlich. „Wenn mein Mann heim kommt und zu viel getrunken hat, dann ist er oft ausgesprochen lästig. Und da setze ich mich dann in das Auto, da habe ich einige Decken, und warte bis zum nächsten Morgen, bis er seinen Rausch ausgeschlafen hat."

Die Männer versuchten ernst zu bleiben und vermieden es, einander anzuschauen. Am Wagen holten sie ihre Schutzkleidung aus dem Kofferraum: Gummistiefel und die Stallmäntel über die andere Kleidung.

Durch die Milchkammer führte der Weg in den Stall. Die Milchkammer, die Visitenkarte des Betriebes, war in gutem Zustand. Die Gerätschaften waren sauber geputzt, die Scheiben waren blank, und die Fliesen funkelten.

Im Stall sahen sie sich aufmerksam um, gingen zwischen den Tieren hindurch und musterten jedes einzelne. Der Tierarzt griff einigen Kühen an den Schwanz und schüttelte ihn. Es gab zwar einige Kleinigkeiten auszusetzen, wie schlechte Klauenpflege oder nicht genügend ausgemistete Liegeflächen, aber im Großen und Ganzen waren die Tiere gut gepflegt. Auch im Kälberstall, der traditionsgemäß von der Bäuerin versorgt wird, fanden sich keine Mängel.

„So schlecht sieht das doch gar nicht aus. Die Tiere sind gut gepflegt und ausreichend gefüttert. Ich habe einen Verdacht auf eine bestimmte Erkrankung, kann ihn aber nicht sicher bestätigen. Mir fällt auf, dass einige Tiere eine Schwanzlähme haben.

Haben Sie denn eine Erklärung, woran es bei den Zwischenfällen liegen könnte?“

Die Frau sah sich ängstlich um und begann zu flüstern:

„Ich habe Angst, es Ihnen zu sagen, aber da geht immer wieder einer durch den Stall ...“, sie sprach nicht mehr weiter, schluckte dann, holte tief Luft, „und immer, wenn der durch den Stall gegangen ist, passiert ein Unglück.“

„Ja, wen meinen Sie denn?“

Ihre Stimme zitterte, als sie erzählte: „Ich habe ihn schon zweimal gesehen, als er durch den Stall gegangen ist. Wenn er kommt, läuft es einem kalt über den Rücken.

Ich habe Angst, dass er einmal hinter mir steht, ohne dass ich ihn habe kommen sehen, und mir die Hand auf die Schulter legt. Dahinten durch die große Türe kommt er herein, geht einmal an den Kühen vorbei, und verlässt den Stall wieder durch diese Türe. Dabei spricht er keinen Ton.“

„Nun sagen Sie doch, wen sie meinen!"

„Den Satan! Den Teufel! Er kommt in der Gestalt eines schönen Mannes. Er ist ganz vornehm gekleidet, hat einen Hut mit roter Feder auf und hinkt."

„Könnte es denn nicht sein, dass Sie sich irren? Sind sie wirklich sicher?"

„Da gibt es keinen Zweifel! Wenn wir im Stall sind, ist unser Hund mit dabei. Selbst er, der sonst jeden anbellt, fürchtet sich, zieht den Schwanz ein und verkriecht sich, so schnell er kann."

Die Männer sahen sich verblüfft an, gingen aber auf dieses Thema nicht ein.

In der Stille hörte man deutlich einen Wagen auf den Hof fahren. Der Motor wurde abgestellt, eine Tür schlug zu.

Die Bäuerin verließ sie, vermutlich um ihren Mann zu informieren.

Der Hausherr selbst kam bald in den Stall: „Guten Tag, die Herren! Sie haben Recht, die Schadensfälle haben sich sehr gehäuft in letzter Zeit. Vermutlich bin ich selber schuld, weil ich so selten im Stall bin. Meine Frau ist einfach überlastet. Wie geht es nun weiter?"

Rückner übernahm das Wort.

„Grüß Gott, Herr Stapfer. Tut mir leid, dass wir Sie belästigen müssen. Aber Sie haben sicher Verständnis, wir sind es den anderen Bauern im Verein schuldig. Wir müssen Sie bis auf weiteres von der Entschädigung ausschließen.

Was mir aber viel wichtiger ist, wie bekommen Sie Ihr Problem in Griff? Herr Geitberg, Sie sind der Tierarzt, haben Sie eine Idee?"

„Ich nehme an, dass wir ein Herdenproblem vorliegen haben. Hier muss mit System vorgegangen werden, ich schlage vor, Sie ziehen den Rinder-Gesundheitsdienst bei. Was halten Sie davon?"

„Daran habe ich auch schon gedacht. Ich werde gleich heute noch dort anrufen. Aber ich glaube nicht, dass das viel hilft. Meine Frau hatte Ihnen ja schon gesagt, dass wir hier ein ganz anderes Problem haben. Wir werden uns unsere Hilfe ganz woanders holen müssen. Ich habe schon die Adresse eines Hexenmeisters ausfindig gemacht, vielleicht kann der helfen, ich habe aber wenig Hoffnung."

Die Besucher sahen sich hilflos und verständnislos an, sagten aber nichts. Sie verabschiedeten sich und hatten es plötzlich eilig. Ihre Schmutzkleidung verstauten sie schnell im Kofferraum. Herr Stapfer hatte sie begleitet und stand neben dem Fahrzeug.

Geitberg sprach ihn noch einmal an: „Eine Frage hätte ich noch: was für einen Sinn hat dieses komische Holzgestell unter der Linde? Ich kann damit nichts anfangen."

Stapfer wand sich und gab keine Antwort.

Nach einiger Zeit murmelte er, so dass man es kaum verstehen konnte:

„Das steht schon lange da, ich weiß nichts Genaueres."

Und damit war das Thema für ihn beendet.

Wenn man jedoch aufmerksam hinsah, konnte man feststellen, dass offensichtlich einzelne Balken und Bretter erneuert worden waren. Auch führte ein schmaler Fußweg zu einer Leiter, die auf die Plattform führte. Es war offensichtlich, dass jemand regelmäßig das Gestell benutzte.

„Aber ich habe auch noch eine Frage, Herr Veterinär: sie kommen doch weit herum. Haben Sie denn etwas von der Apollonia Reiter gehört ?"

„Tut mir Leid, aber ich weiß gar nicht, wen sie meinen."

Sie verabschiedeten sich nochmals und fuhren vom Hof. Im Fahrzeug herrschte längere Zeit nachdenkliches Schweigen.

Häberle meinte: „Meine Herren, darüber müssen wir ausführlich reden. Meine Frau hat Kaffee und Kuchen hergerichtet, ich lade Sie ein."

Sie schwiegen bis zu Häberles Hof. Dort war der Tisch festlich gedeckt, den Männern lief das Wasser im Mund zusammen. Sie bedankten sich bei der Hausfrau und griffen eifrig zu.

Rückner ergriff als erster das Wort: „Ich glaube es nicht! So etwas im 21. Jahrhundert! Man könnte meinen, wir sind noch im Mittelalter!"

Er schimpfte längere Zeit, ohne aufzuhören, über Aberglauben und dergleichen. Häberle war anderer Ansicht. Er erzählte von seinem Erlebnis mit dem Teufel. Auch Geitberg äußerte sich dazu:

„Die Sache mit dem Teufel halte ich für reinen Humbug. Was Sie damals gesehen haben, kann ich nicht deuten, aber es gibt sicher eine vernünftige Erklärung. Andererseits gibt es viele Dinge zwischen Himmel und Erde, die wir uns nicht träumen lassen, sagt schon Shakespeare. Zum Beispiel gibt es in der Tiermedizin viele unerklärliche Phänomene. Herr Häberle hat mir schon einmal erzählt, dass die Oma hier Schmerzen fühlen kann. Das stimmt doch?"

„Die Begegnung mit dem Teufel, die lasse ich mir nicht nehmen, das habe ich erlebt. Ja, das mit der Oma ist so richtig. Sie hat von der Gicht total verkrüppelte Hände. Mit diesen Händen kann sie Schmerzen fühlen, bei Menschen und Tieren. Wir haben schon öfters erlebt, dass der Tierarzt nicht mehr weiter weiß. Dann rufen wir die Oma, sie fährt an dem Tier mit ihren Händen entlang und kann dann genau sagen, wo das Tier Schmerzen hat. Der Tierarzt hat gesagt, es hätte jedes Mal gestimmt."

Rückner war skeptisch: „Ich glaube das Ganze einfach nicht. Dieses Gerede vom Teufel, das sind nur fixe Ideen von einigen Verrückten. Für mich ist das kein Thema, ich will hier nicht diskutieren. Aber das mit dem «Schmerzen fühlen», das ist etwas ganz anderes. Ich würde das gerne einmal ausprobieren. Ich bin vor einigen Tagen vom Rad gestürzt und habe an einer Stelle am Körper einen blauen Fleck und Schmerzen. Es würde mich interessieren, ob die Oma diese Stelle findet."

Häberle stand sofort auf und versprach: „Ich werde die Oma mal fragen, bitte warten Sie ein bisschen." Und weg war er.

Nach etwa fünf Minuten kam er und kündigte an, dass die Oma gleich kommen würde. Die alte Frau ging mühsam am Stock, sah aber noch sehr rüstig aus. Ihre Augen funkelten vergnügt, als sie zu den Herren kam.

„Schönen Nachmittag, die Herren! Sie wollen mich also ausprobieren? Und wer ist denn hier der ungläubige Thomas? Nur zu!"

„Entschuldigen Sie, Frau Häberle, dass wir Sie in ihrer Nachmittagsruhe gestört haben, aber wir sind gerade bei einem interessanten Thema. Ihr Sohn erzählte uns, dass Sie Schmerzen fühlen können. Dürfen wir sie auf die Probe stellen?"

„Gerne, was soll ich tun?"

„Herr Rückner hat eine schmerzende Stelle am Körper, die sollen Sie finden. Er wird jetzt die Augen zumachen, um sich nicht zu verraten."

Die alte Dame stellte sich neben Herrn Rückner, legte ihren Stock weg, und strich mit ihren vergichteten Händen an seinem Körper entlang, ohne ihn zu berühren. Er hatte die Augen geschlossen, saß in seinem Stuhl und bewegte sich nicht. Nach einiger Zeit richtete sie sich auf und blickte im Kreis herum.

„Ungefähr eine Handbreit über dem rechten Knie tut's ihm weh. Nun, Herr Rückner, habe ich recht?"

Er bestätigte überrascht: „Hundert Prozent richtig, Frau Häberle. Was mich aber verblüfft hat, ist, dass, als sie wohl mit ihren Händen in der Nähe waren, der Schmerz plötzlich weg war. Auch jetzt ist er wesentlich schwächer."

Auch die anderen waren verblüfft und stellten ihre Fragen. Die alte Dame erzählte, dass sie, je nach dem, wo sie sich mit ihren Händen gerade befand, eine Verstärkung ihrer Schmerzen fühlen würde. Sie könne das spüren, seitdem sie selber Schmerzen in ihren Händen habe.

Geitberg bedankte sich bei Frau Häberle, und mahnte zum Aufbruch. Im Stehen erzählte er aber noch: „Die alternative Medizin hat auch bei den Tierärzten große Erfolge zu verzeichnen. Es gibt viele Kollegen, die heute mit der Akupunktur oder Homöopathie gute Erfolge erzielen. Ich selbst habe schon verblüffende Erfolge erlebt, wenn wir Wasseradern und ihre Strahlen berücksichtigten.“

Die anderen bedrängten ihn, er solle doch wenigstens ein Beispiel erzählen.

„Ich erinnere mich an einem Fall, den ich als Praktikant erlebte. In einem Schweinezuchtbetrieb waren drei Eber neben einander aufgestallt. Immer wieder wurde der mittlere der drei krank und verendete. Die Untersuchung ergab jedes Mal eine Unmenge von Blasensteinen. Wir haben Gott und die Welt befragt, Sektionen durchgeführt.

Bei einem der Tiere holten wir aus Blase und Niere ungefähr zwei Kilogramm Steine. Selbst die Universität München bekam nicht heraus, warum immer der Mittlere der drei an der gleichen Krankheit einging. Die Bedingungen waren für alle drei Eber völlig gleich, sie bekamen das gleiche Fressen und wurden auch sonst gleich behandelt.

Erst als wir einen Wünschelrutengänger kommen ließen, klärte sich das Rätsel. Er suchte den Stall sorgfältig ab, und fand heraus, dass die mittlere Box über einer Kreuzung starker Wasseradern lag.

Er ließ den Bauern ein ungefähr fünfzig Zentimeter langes Eisenrohr vor der Box eingegraben, und ab sofort war das Problem behoben - aber das hat alles sicher physikalische Grundlagen und mit Hexerei oder ähnlichem nichts zu tun. – Mir fällt jetzt aber noch etwas ein: was ist mit dem Mädchen, nach dem Stapfer gefragt hat?“

Häberle wusste Bescheid: „Er fragte nach der Apollonia Reiter. Ich kenne sie sehr entfernt. Ein lebenslustiges Mädchen, immer fröhlich, im gleichen Musikverein wie Stapfer. Und so seit Anfang Oktober ist sie spurlos verschwunden. Die Familie ist halb verrückt vor Sorge, keiner kann es sich erklären. Die Leute sagen, sie wäre in der letzten Zeit völlig verändert gewesen. Und vielleicht haben Sie schon vom «Waldhof» gehört, da ginge es nicht mit rechten Dingen zu. Dort haust eine Sekte oder so etwas Ähnliches. Da ist sie öfters hingegangen, und das ist ihr nicht bekommen. Sie habe sich seitdem völlig verändert und sei nicht mehr die alte gewesen."

Auch Geitberg erinnerte sich nun:

„Ach ja, davon habe ich auch gehört, man munkelt, die Sekte habe sie mitgenommen. Ob da was Wahres dran ist, weiß niemand. – Aber, meine Herren – ich muss mich leider entschuldigen, der Schreibtisch ruft."

Rückner verabredete mit Frau Häberle einen weiteren Termin, an dem sie seine Schmerzen behandeln sollte.

Sie reichten sich noch die Hände zum Abschied und fuhren nach Hause, bzw. ins Büro. Geitberg erledigte die dringendsten Telefonate und Schreibarbeiten, die inzwischen aufgelaufen waren, danach rief er den Rinder-Gesundheitsdienst an und informierte ihn, was bei Stapfer alles passiert war. Es war ihm lieber, der Kollege erfuhr die Angelegenheit aus erster Hand, und war vorbereitet, wenn er auf den Hof fuhr.

Beim Heimgehen, auf dem Flur traf er noch eine Kollegin, der er erzählte, was er am Nachmittag erlebt hatte. Sie bestätigte derartige Erfahrungen, auch ihr hatten schon Aberglauben und religiöser Wahn bei der Arbeit Schwierigkeiten bereitet.

„Und das bei Stapfer mit dem Holzgestell unter der Linde, das kann ich dir erklären. Ich war auch schon einmal auf diesem Hof, bei einer Reihenuntersuchung des Rinderbestandes. Mir fiel das Gestell auch auf, Stapfer rückte aber nicht heraus, für was es nütze sei. Mein Helfer hat mir erzählt, dass Stapfer auf diesem Podest nachts, bei Vollmond, sonderbare Rituale aufführt, er bete sozusagen den Mond an. Ob das stimmt, kann ich allerdings nicht sicher sagen, ich habe aber schon öfters von so etwas gehört."

Damit war dieses Rätsel gelöst, Geitberg bedankte sich und trat den Heimweg an.

„Dieses Volk jedoch, das vom Gesetz nichts versteht, verflucht ist es.“
Joh 7,49

Das Gesetz

16. Oktober

Am nächsten Tag stand die Überwachung von Lebensmittelbetrieben auf dem Programm. Mario Masser, WKD-Beamter, holte Geitberg pünktlich zum vereinbarten Termin ab. Die beiden kannten sich seit vielen Jahren und waren im Lauf der Zeit gute Freunde geworden. Die Buchstaben WKD stehen für Wirtschaftskontrolldienst. In der Zeit, in der diese Geschichte spielt, war der Wirtschaftskontrolldienst eine Einheit der Polizei in Baden-Württemberg. In späteren Jahren wurde diese Einheit teilweise der Lebensmittelüberwachung zugeschlagen.

Die Sonne lachte vom Himmel eines schönen Herbsttages. In der Nacht hatte es Frost gegeben, die Wiesen waren zum Teil noch weiß. Auch heute blies ein kalter Wind, die Blätter tanzten. Die Straßen waren jedoch frei und trocken. Ihr Fahrzeug war ein ziviler Polizeiwagen.

Während der Fahrt unterhielten sie sich darüber, welche Betriebe für eine Kontrolle in Frage kämen. Der Veterinär hatte ein neues Gebiet zugeteilt bekommen, das vorher von einem alten, kranken Kollegen betreut wurde. So gab es manche Betriebe, die seit Jahren nicht mehr kontrolliert worden waren und die Geitberg noch nie gesehen hatte. Dieses Mal hatte Masser eine Metzgerei aus den Akten gezogen, die ihnen noch fremd war.

„Kennst du die Metzgerei Forster in Wiesental?“

„Den Namen hab’ ich schon mal gehört, ich war aber nie da.“

Nach den Unterlagen lag der letzte Besuch viele Jahre zurück. Es war aber beim Wirtschaftskontrolldienst ein Hinweis eingegangen, dass hier eine Kontrolle dringend notwendig sei. Sie suchten auf einer Landkarte nach dem Ort, konnten ihn aber nicht finden. Erst nach Rücksprache per Funk bei der Polizeizentrale fanden sie einen ortskundigen Kollegen, der ihnen den richtigen Tipp gab. Den Weg durch den Wald fuhren sie ohne Schwierigkeiten.

Die Metzgerei fand sich in einem völlig abgelegenen Tal, das Anwesen lag idyllisch zwischen Wiesen und Baumgruppen an einem kleinen Bachlauf. Schon von weitem konnten sie in einem Nebengebäude einen Kamin qualmen sehen. Daneben auf den Grünflächen pickte ein Krähenschwarm.

„Selten hat der Name zu einem Ort so gut gepasst wie hier." meinte Masser.

Den Wagen stellten sie mitten auf dem Hof ab und wandten sich dem Nebengebäude zu. Es war offensichtlich früher eine Doppelgarage, die jetzt anders benützt wurde.

Es gab keine richtige Türe, sondern nur Schwingtore wie bei Garagen üblich. Sie riefen und klopften mit der Hand dagegen, bis jemand das Tor öffnete.

In der Garage wurde gerade ein Schwein geschlachtet. Der Raum, der früher einmal weiß war, war vom Rauch und Dreck schwarz geworden.

Auch der Mann, der darin arbeitete, war über und über schmutzig. Er hatte zwar einen weißen Kittel und eine weiße Schürze an, beide waren aber so verdreckt, dass man die Farbe kaum mehr erkennen konnte.

Er trug nicht, wie sonst in einer Metzgerei üblich, Gummistiefel, sondern hatte alte Lederschuhe an, die vor Dreck strotzten.

Auch die Farbe seiner Kopfbedeckung war nicht mehr genau zu erkennen. Vermutlich diente sie als Handtuch, denn auch jetzt nahm er sie ab und putzte sich damit die Hände. Er war untersetzt, aber außerordentlich kräftig. Der Kittel spannte sich über den Muskeln der Oberarme.

In der Ecke stand ein Brühkessel, von dem ein Ofenrohr in die Decke reichte. Der Kessel war so verrostet, dass man durch die Löcher in der Außenwand das Feuer sehen konnte. Die Luft im Raum war voller Rauch. Ein Stapel Brennholz lag daneben auf dem Boden. Die Schweinehälften hingen an einem schwarzen

Strick an Haken, die aus der Decke ragten, streiften aber noch auf dem Fußboden. Wohin man auch sah, auf der Arbeitsfläche, in den Regalen, am Fensterbrett, in den Satten, überall stellte man fest, dass seit Jahren nicht mehr richtig geputzt worden war.

So etwas hatten Masser und Geitberg noch nicht gesehen. Masser drehte sich wortlos um und ging zum Auto, um den Fotoapparat zu holen. Falls es zu einem Prozess kommen sollte, waren Fotoaufnahmen das beste Beweismittel. Schon öfters waren Verfahren zum Ärger der Beamten eingestellt worden, obwohl die Sachlage klar war. Wurde es aber dem Richter beim Betrachten der Bilder schlecht, war meist mit einem Urteil zu rechnen, das dem Gerechtigkeitssinn der beiden entsprach.

Geitberg stellte sich vor: „Guten Morgen, Lebensmittelüberwachung, Wirtschaftskontrolldienst und Veterinäramt. Herr Forster, gehe ich richtig?"

„Ja, Forster, was wollen Sie?"

„Wir wollen Ihre Metzgerei kontrollieren und nach dem Rechten sehen. Wer macht denn hier die Fleischbeschau?"

„Der Fleischbeschauer Thomas Bester aus Ried, warum?"

„Die Verhältnisse hier sind etwas ungewöhnlich, und der Fleischbeschauer ist mit für die Hygiene verantwortlich", meinte Geitberg, „ich muss mich noch etwas umsehen. Wo versorgen Sie die Schlachtabfälle?"

„Die werfe ich auf die Miste, das sehen Sie doch draußen."

Neben dem Gebäude ragte ein großer Misthaufen in die Höhe, auf dem - deutlich sichtbar - sowohl der Mist aus einer Rinderhaltung als auch die Schlachtabfälle gesammelt wurden. Füchse und Raben hatten zu diesem Futterplatz freien Zugang. Offensichtlich verteilten die Füchse die Schlachtabfälle weit herum, jetzt war auch klar, warum so viele Raben in der Umgebung auf dem Boden saßen.

Im Umkreis von mehreren hundert Metern lagen abgenagte und ausgebleichte Knochen. Der Veterinär ging wieder in die Metzgerei. Es fand sich noch ein Nebenraum, der ebenso verdreckt war. Dort wurden Maschinenteile, Gewürze und anderes Zubehör aufbewahrt. Die Türklinke war so klebrig und schmutzig, dass Geitberg sich anschließend die Finger waschen wollte. Vergeblich suchte er eine Handwaschgelegenheit.

Er fragte Herrn Forster, wo es denn hier Wasser gäbe. Forster zuckte mit den Schultern und brummte, er hole sich das Wasser immer aus dem Wohnhaus gegenüber, hier gäbe es keinen Wasseranschluss.

Mario Masser war inzwischen fleißig mit Fotografieren beschäftigt. Als er eine Pause machte und zu Geitberg trat, holte der tief Luft.

„Herr Forster, ich untersage Ihnen mit sofortiger Wirkung das Schlachten und Zerlegen von Tieren in diesen Räumen. Natürlich gilt das auch für alles andere, wie Wursten oder Zuschneiden. Sie können das Fleisch noch für ihren eigenen Haushalt benutzen, es darf aber nicht mehr in den Handel kommen. Die hygienischen Verhältnisse sind hier so verheerend, dass eine ordnungsgemäße gewerbliche Schlachtung nicht möglich ist. Sie sehen, es ist ein amtlicher Zeuge anwesend, sie bekommen diese Untersagung aber auch noch schriftlich. Des Weiteren wird ein Verfahren gegen sie eingeleitet."

Geitberg holte sich aus dem Auto eine Schreibunterlage, und notierte die Missstände. Dabei fiel ihm noch etwas auf: „Arbeiten Sie alleine hier oder haben Sie noch einen Helfer?"

„Ab und zu hilft mir der Hans Riedvogel aus Vorbuch, so ein- oder zweimal in der Woche."

„Ja, und wo gehen sie beide denn auf die Toilette?"

Forster zuckte mit den Achseln, und winkte um die Hauseck ins Freie: „Im Haus haben wir ein Klo, aber das ist viel zu weit weg."

Geitberg ekelte sich, sagte nichts, kritzelte aber fleißig und dachte an die fehlende Handwaschgelegenheit.

Sie besichtigten auch die Räume im Wohnhaus, die für die Metzgerei genutzt wurden. Forster führte sie in einen Kellerraum, in dem eine Tiefkühltruhe stand. In Regalen lagerten nur Gerätschaften wie leere Wurstdosen und weitere Gewürze. Hier gab es keine Probleme.

In der zweiten Garage des Nebenhauses war ein Kühlraum eingebaut. Dort hing die Hälfte eines Kalbes am Haken. Sie war nicht mit dem Veterinär-Kontrollzeichen abgestempelt. Der Veterinär konnte an der Fleischfarbe erkennen, dass die Kälberhälfte bereits seit einigen Tagen dort hing.

„Hat der Herr Bester dieses Kalb denn nicht beschaut?"

„Er will, wollte ..."Forster wurde bleich wie der Tod, „er wird sicher noch kommen und das Kalb abstempeln."

Geitberg wandte sich an Masser: „Das ist zweifellos eine Schwarzschlachtung, der Sache müssen wir nachgehen."

Geitberg rief über sein Handy den Fleischbeschauer an, erreichte ihn auf Anhieb und erfuhr, dass der von Kalb und Schwein nichts wusste. Er wurde beauftragt, umgehend vorbei zu kommen und die Schlachtkörper untauglich zu stempeln, so schrieb es das Gesetz vor.

Zur Sicherheit der Verbraucher ist vorgeschrieben, dass Schlachttiere zuerst lebend, später dann nach dem Schlachten von einem Fleischbeschauer geprüft werden müssen. Je nach dem, wie die Prüfung ausgeht, wird das Fleisch abgestempelt. Damit wird vermieden, dass vom Tier auf den Menschen übertragbare Krankheiten durch Lebensmittel weitergegeben werden. Der Gesetzgeber nimmt das wichtig und droht mit strengen Strafen, wenn man sich nicht an die Vorschriften hält. Geitberg informierte den Metzger, dass die vorhandenen Fleischteile nicht mehr in den Verkehr kommen dürften und untauglich gemacht werden müssten.

„Das Fleisch wird von der Tierkörperbeseitigung abgeholt, sie müssen uns darüber eine Bescheinigung vorlegen."

Auch diese Abholung wurde sofort per Handy organisiert.

„Jetzt hört der Spaß auf, Schwarzschlachten ist eine Straftat, die ich zur Anzeige bringen muss." sagte Masser „Ich werde Sie demnächst auf die Polizeiwache vorladen."

Forster wurde zunehmend wütender. Er lief allmählich im Gesicht rot an und murmelte ständig vor sich hin, dabei bewegte er seine muskulösen Arme hin und her, als wenn er den Veterinär umbringen wollte. Vor ihm auf dem Tisch lagen einige Metzgermesser. Er blieb jedoch auf der Stelle stehen.

Masser war inzwischen aufmerksam geworden, Geitberg sah die rechte Hand in seiner Jacke unter der linken Achsel. Es war beruhigend zu wissen, dass der Polizist seine Dienstwaffe mitgenommen hatte.

„Herr Forster, was murmeln Sie denn, wollen Sie etwas sagen?"

Leise beginnend wurde er immer lauter, bis er zum Schluss brüllte:

„Das kann ich Ihnen genau sagen, ich wünsche Ihnen den Teufel an den Hals, ich verfluche Sie, bei allen Hexen, die mir zur Verfügung stehen."

Was er weiter sagte, war nicht mehr zu verstehen, seine Stimme überschlug sich.

Geitberg wurde es warm und kalt gleichzeitig, er schrie zurück: „Ich glaube nicht an den Blödsinn, hören Sie mit dem Unsinn auf!"

„Sie werden schon noch merken, was mit Ihnen passiert. So lasse ich nicht mit mir umgehen."

Der Tierarzt holte tief Luft und formulierte ganz ruhig, aber laut und deutlich: „Alles Erforderliche ist gesagt, sie werden von uns hören, auf Wiedersehen."

Geitberg und Masser stiegen bewusst langsam in Ihr Fahrzeug, wendeten und fuhren vom Hof.

Bei der nächsten Parkgelegenheit blieben sie stehen und sahen sich an.

„Was hältst du denn davon? Bist du abergläubisch?"

„Also das ist neu für mich, man hat mir ein paar Mal gedroht, mich umzubringen, aber so etwas ist mir noch nicht passiert. Ich weiß nicht recht, was ich jetzt denken soll. Wenn man so eine

Drohung ernst nimmt, macht man sich lächerlich. Aber wohl ist mir nicht bei der Sache!

Man muss ihn auch verstehen, er hat soeben seine Existenz verloren. Wir werden wohl noch einmal mit ihm reden müssen, ob und wie er seinen Betrieb wieder aufnehmen kann. Andererseits muss er enorm investieren, sonst hat er keine Chance."

Masser wusste mehr: „Nimm das nicht zu tragisch, mir ist inzwischen eingefallen, dass ich ihn von einer anderen großen Metzgerei her kenne, dort arbeitet er regelmäßig, er hat von dort ein gesichertes Einkommen. Der muss deinetwegen noch lange nicht verhungern."

Geitberg erzählte seinem Freund von den gestrigen Vorfällen mit dem Teufelsglauben.

„Verstehst du, das mit der Hexerei geht mir allmählich auf den Nerv. Ich hab zwar gewusst, dass es hier viele Leute gibt, die abergläubisch sind, aber nicht, wie viele es sind."

„Komm, wir gehen erst mal einen Kaffee trinken, das beruhigt."

„Nein, wir warten hier erst einmal, bis der Fleischbeschauer vorbei gefahren ist, ich will wissen, ob das klappt."

Nach ungefähr einer Viertelstunde kam das klapprige Auto des Herrn Bester vorbei. Er beachtete sie nicht.

Nun konnten sie beruhigt in den nächsten Ort fahren und sich eine Tasse Kaffee gönnen. Dort unterhielten sie sich noch einmal über die Vorkommnisse und diskutierten über Aberglauben. Dabei kamen sie auch auf das Thema Sekten.

Mario Masser wusste zwar über den Waldhof Bescheid, konnte aber keine Details nennen. Auch er hatte vom Verschwinden von Apollonia Reiter gehört. Eine Vermisstenanzeige lag bei der Polizei vor, die Nachforschungen waren aber bisher erfolglos geblieben. Dass die Sekte am Verschwinden von Apollonia schuld sei, hielt er für durchaus möglich: „Wir haben das schon öfters erlebt, die jungen Leute fallen auf irgendetwas herein, das sie fasziniert, und wenn sie dann hörig sind, verschwinden sie mit Zielrichtung Holland und werden nicht mehr gesehen. Ob das aber in diesem Fall zutrifft, weiß ich nicht, und will ich auch nicht vermuten. Sekten und ähnliche Einrichtungen gibt es hier wie Sand am Meer.

Dieser Hof ist aber seit längerer Zeit wieder zur Kontrolle fällig, wenn du willst, fahren wir sofort hin. Das ist eine Einrichtung zur Gemeinschaftsverpflegung, da sind wir zuständig, das müssen wir kontrollieren. Ich habe die Akte im Auto, komm, lass uns nachschauen."

Sie bezahlten, und folgten nach kurzer Zeit einem großen Schild mit der Aufschrift „Waldhof", das von der Straße auf einen Waldweg wies. Nach etwa hundert Metern wurden sie von einer Schranke gestoppt, die Gebäude konnten sie von hier aus nicht sehen. Am Straßenrand stand ein Kasten mit einer Klingeltaste und einem Mikrofon. Masser drückte auf den Knopf und sofort fragte eine unfreundliche Stimme nach ihrem Anliegen.

„Lebensmittelüberwachung, Wirtschaftskontrolldienst und Veterinäramt. Können wir bitte hereinkommen?"

Längerer Zeit hörte man überhaupt nichts, nur die Vögel im Wald zwitscherten. Dann wurde ihnen schroff mitgeteilt, es sei niemand für sie da, und sie sollten ein andermal wieder kommen.

Masser fragte nach: ob in der Küche Essen zubereitet würde, er erhielt als Antwort, dass derzeit niemand in der Küche sei. Die Verbindung wurde getrennt, ein erneutes Klingeln blieb ohne Erfolg.

Und ohne dass sie ihn hätten kommen sehen, stand auf einmal ein groß gewachsener muskulöser Mann vor ihnen, der sie übellaunig musterte. Als Masser ausstieg, stellte er sich ihm drohend in den Weg.

„Hier kommt keiner durch, das geht Euch nichts an, dreht um und fahrt nach Hause!"

Masser brummte: „Da können wir nichts machen, wir haben keinen Anlass, uns mit Gewalt durchzusetzen."

Er stieg wieder ein, man sah ihm aber an, dass er gerne mit dem Kerl gerauft hätte.

Sie waren sich einig: „Da kommen wir bei nächster Gelegenheit noch einmal vorbei, dass lassen wir so nicht auf uns beruhen. Und wenn es gar nicht anders geht, dann müssen wir eben mit einem Hausdurchsuchungsbefehl hinein."

Missmutig setzte er den Wagen zurück und drehte an einer günstigen Stelle um. Nach einigen hundert Metern schlug er vor, ein anderes Haus anzuschauen, indem es auch etwas sonderbar zugehe.

„ Du kennst doch das «Lampertshaus» in Garberg? Da sollten wir auch wieder einmal hin!"

Geitberg beklagte sich: „Ich möchte einen völligen normalen Betrieb kontrollieren, ohne Hexenglauben, ohne Spinnerei, in dem alles in Ordnung ist."

Masser grinste nur. „Du freust dich doch sonst immer über deinen unterhaltsamen Beruf, wo bleibt denn hier die Motivation? Seitdem man dir einen jüngeren Kollegen vor die Nase gesetzt hat, bist du nicht mehr der Alte."

„Wundert dich das? Mich wundert es selber, dass mir der Job nach wie vor Spaß macht. Der alte Schwung ist vorbei, aber in meinem Alter darf man auch einmal etwas kürzer treten.

Jetzt erzähl mir, was du über das Lampertshaus weißt, ich war schon ewige Zeit nicht mehr dort."

„Es ist eine so genannte Bildungsstätte, in der verschiedene Kurse abgehalten werden. Da sind vermutlich ganz vernünftige Sachen dabei, aber auch viel Hokuspokus.

Ich habe einmal einen Kurs mitgekriegt, da mussten die Teilnehmerinnen nachts bei Vollmond um einen Baum tanzen. Schaden wird dabei nicht angerichtet, außer dass die Leute viel Geld zahlen müssen. Aber das ist nicht unser Problem. Da oben auf dem Hügel, das ist es."

Er wies auf ein gepflegtes Gebäude auf einem Hügel, das in traumhafter Lage unter alten Bäumen lag. Von oben aus bot sich ein wunderbarer Blick über das Voralpenland. Sie gingen von hinten durch den Lieferanteneingang in die Küche. Dort war ein Koch damit beschäftigt, aufzuräumen und sauber zu machen. Es war verwunderlich, dass er jetzt kurz vor Mittag nicht Essen zubereitete. Die beiden stellten sich wie üblich vor. Der Koch lud sie freundlich ein, sich umzusehen und ihre Arbeit zu tun.

Sie überprüften die einzelnen Abteilungen und waren zufrieden mit dem, was sie vorfanden, bis sie zu dem Lebensmittellager kamen. Kaum öffnete der Koch ihnen die Türe, kam ihnen eine Wolke von Mehlmotten entgegen, so dass sie kaum atmen konnten. Es war entsetzlich. In diesem Raum wurden Mehl, Müsli, und Getreide in offenen Säcken aufbewahrt.

Diese Lebensmittel waren über und über verdorben mit Motten, Maden und Gespinsten. Daneben lagen Packungen aus Pappe und Plastik, in denen Nudeln, Linsen und Reis aufbewahrt wurden. Beim genauen Hinsehen stellte sich heraus, dass ein Großteil der Kartons und Säcke bereits von Mäusen angefressen war.

Mario Masser drehte sich wortlos um und verschwand, er musste wieder die Kamera aus dem Auto holen.

Geitberg äußerte sich vorerst nicht zu den verdorbenen Vorräten und ließ sich die weiteren Vorratsräume zeigen. Es war verheerend: im Fleischkühlraum hingen einige Stücke Fleisch, die bereits in Verwesung übergegangen waren und entsetzlich stanken. Auch in dem Kühlraum für Molkereiprodukte fanden sich bereits verdorbene Milcherzeugnisse.

„Sind Sie hier der verantwortliche Koch?“

„Nein, ich bin nur heute Vormittag zur Aushilfe hier. Wenn sie wollen, hole ich jemand von der Heimleitung?“

„Ja bitte, das würde helfen.“

Der Koch verschwand und kam nach wenigen Minuten mit einem jungen Mann - dunkelhäutig und mit Kraushaar - in Anzug und Krawatte wieder. Er sah aus, als sei er gerade einem Modejournal entsprungen und wirkte sehr smart.

Geitberg stellte sich auf Sprachschwierigkeiten ein. Als der Geschäftsführer jedoch den Mund aufmachte und sich mit Wanninger vorstellte, kamen breiteste bayerische Laute zum Gehör.

„Wos ko i für Euch tua?"

Es stellte sich heraus, dass auch er nur Ersatzmann war, er fühlte sich nicht zuständig und wollte mit der ganzen Angelegenheit nichts zu tun haben. Für die Küche sei er nicht zuständig. Jedenfalls konnte man ihm klar machen, dass unter den Verhältnissen, die die Behörde vorgefunden hatte, eine Abgabe von Lebensmitteln nicht mehr möglich war. Er war selbst entsetzt über das, was man ihm zeigte.

Die Küche wurde sofort geschlossen. Die verdorbenen Lebensmittel wurden mit darüber gestreutem Putzmittel unbrauchbar gemacht, um sicherzustellen, dass sie nicht mehr verwendet wurden. Weiter wurde angeordnet, dass ein Kammerjäger den Küchenbereich zu Entwesen habe.

Als auch das geklärt war, besprach man, wie ein weiterer Schädlingsbefall vermieden werden könne. Dazu gehörten zum Beispiel Fliegengitter vor den Kellerfenstern, neue Regale und neue Gerätschaften. Das könne er aber nicht versprechen, dazu sei er nicht befugt, das sei eine Sache der Geschäftsleitung, meinte Wanninger.

Auch die Beanstandungen und die Einleitung eines Verfahrens gingen an die Adresse der Geschäftsleitung. Er habe mit der Küche nichts zu tun und wolle sich diesen Schuh nicht anziehen.

Geitberg wollte dem Koch helfen, und fragte ihn, wie er nun die Versorgung der Gäste sicherstellen wolle. Er schlug ihm vor, ein Catering-System zu benützen und sich das Essen liefern zu lassen.

Doch der Koch grinste nur:

„Das macht gar nichts, diese Gruppe bekommt sowieso nichts zum Essen, die sind zum Abnehmen hier!"

Geitberg blieb die Luft weg, dann lachte er lauthals.

Die Beamten ließen sich die Hygieneunterlagen kommen. Herr Wanninger brachte ihnen einige Akten mit Dokumenten. Sie blätterten sie durch, füllten die notwendigen Formulare aus, verabschiedeten sich, und suchten den Ausgang. Geitberg nahm im

Vorbeigehen noch einen Prospekt des Hauses mit. Er amüsierte sich königlich über die angebotenen astrophysikalischen und astrologischen Lehrgänge und meinte bei einem Blick auf den Parkplatz:

„Schau dir doch mal die Autonummern an. Die kommen aus Österreich, aus der Schweiz und aus ganz Deutschland.

Wenn einer sein Geld für solchen Unsinn loswerden will, ist er hier am richtigen Platz. Und wie ich vorher aus der Gästeliste gesehen habe, sind es ausschließlich Frauen, die auf den Zauber hereinfallen! Und - Mario - du hast doch gerne mit schönen Frauen zu tun, melde dich doch auch einmal für so einen Kurs an."

Mario, der verheiratet und seiner Frau zuverlässig treu war, schlug vor, diese Empfehlung einem anderen Kollegen weiterzugeben, der für seine Amouren bekannt war.

Geitberg nützte die Weiterfahrt und ließ nicht locker.

„Eines ist für mich aber sicher, das verschwundene Mädchen ist nicht über Lampertshaus abhanden gekommen."

Masser wurde ärgerlich: „Das geht dich gar nichts an, wo das Mädchen geblieben ist. Das ist Sache der Polizei, die werden sie schon noch finden. Du bist Tierarzt und nicht Kriminalist, Punktum! Lass die Finger von der Sache!"

Inzwischen war es Zeit für die Mittagspause geworden und sie kehrten zur Dienststelle zurück, wo Geitberg ausstieg. Er verabschiedete sich und stellte die Bedingung, bei der nächsten Tour nur noch saubere Betriebe aufzusuchen, er habe im Moment vom Dreck die Nase voll.

Am Nachmittag ging es ihnen wesentlich besser. Sie überprüften einige Gaststätten, bei denen es nur wenige Bemängelungen gab.

Nach drei Betrieben gönnten Sie sich wieder eine Tasse Kaffee in einer kleinen Bäckerei, in der Steh-Tische aufgestellt waren. Sie unterhielten sich über die Betriebe, die hinter ihnen lagern, und beobachteten den Verkehr, der vor der Bäckerei vorbei floss.

Plötzlich stieß Masser seinen Freund mit dem Ellbogen in die Rippen.

„Hast du den gesehen? Der hat gestern und heute viel Arbeit bekommen!"

Geitberg war in Gedanken abwesend gewesen und hatte nichts wahrgenommen. Wen oder was Masser denn meine?

„Wir hatten es heute doch schon mit Hexerei zu tun. Das war gerade ein Hexenmeister, der vorbeigefahren ist. Den könntest du doch als Helfer einstellen."

„Red' nicht so dumm, wen meinst du denn?"

„Kennst du den Ludwig Ziefer", fragte Masser, „er wohnt in Geringen und hat schon einige Verfahren hinter sich, weil er einige törichte Frauen ausgenommen hat. Sie kommen zu ihm, wenn sie vor jemandem Angst haben oder wenn sie glauben, verhext zu werden, und lassen sich auf einen Gegenzauber ein. Dabei lässt er sich mit großen Summen bezahlen und geht skrupellos soweit, bis sein Opfer pleite ist. Er hat - wie gesagt - schon einige Verfahren hinter sich und musste auch öfters Strafe bezahlen."

„Den Ziefer kenne ich gut, mit dem habe ich schon manchen Strauß ausgefochten. Er arbeitet auch als «Kurpfuscher», korrekt wäre «Tierheilkundiger».

Vor zirka zehn Jahren war ich bei einer Maul- und Klauen-Seuche-Impfung in einem Stall in der Gegend von Geringen. Die Impfung lief glatt und ich war bald fertig.

Am nächsten Tag rief der Bauer an und beschwerte sich, eine Kuh sei am Morgen tot im Stall gelegen. Solche Fälle kommen vor und normalerweise bekommt der den Schaden von der Tierseuchenkasse ersetzt. Es ist eine ihrer Aufgaben, Tierschäden zu begleichen, die im Rahmen amtlicher Tätigkeit entstehen.

Routinemäßig veranlasste ich eine Obduktion. Und siehe da, es kam ein völlig überraschendes Ergebnis heraus. Die Kuh war in den Bauchraum verblutet. Also kam der Schaden nicht von der Impfung. Ich forschte bei dem Bauern nach, und es stellte sich heraus, dass unser Freund Ziefer die Kuh am Nachmittag nach der Impfung behandelt hatte. Der Mann war wegen der Sterilität der Kuh gerufen worden, und er untersuchte sie rektal. Sie hatte offensichtlich eine Eierstockszyste, die hat er ihr dann abgedrückt.

Das arme Tier verblutete daraufhin in den Bauchraum. So etwas kommt vor, das passiert ungefähr bei jedem zehntausendsten Eingriff dieser Art. Er hätte den Bauer vorher informieren müssen. Weil er das nicht getan hat, musste Ziefer die Kuh bezahlen. Das waren damals ungefähr eintausend Mark, die nimmt er mir heute noch übel, obwohl ich nichts dafür kann. Ein normaler Tierarzt hat für so etwas eine Haftpflichtversicherung, er musste das vermutlich aus seiner eigenen Tasche bezahlen.

Ein zweites Mal sind wir ungefähr zwei Jahre später zusammengestossen. Wieder war ich in einem Stall und fand auf der Fensterbank ein Medikament, das rezeptpflichtig ist. Auf meine Fragen, woher die Flasche käme, sagte man mir, dass Ziefer sie verkauft hätte. Als Tierheilkundiger darf er keine rezeptpflichtigen Medikamente abgeben. Da musste ich ihn anzeigen wegen eines Verstoßes gegen das Arzneimittelgesetz.

Der Richter sah das genauso und verknackte ihn zu zirka tausend Mark. Das war damals viel Geld, die Summe hat ihm wehgetan, auch das hängt noch zwischen uns beiden.

Beim nächsten Durchgang hat dann er gewonnen. Wir hatten wiederum Hinweise bekommen, dass er in großem Umfang mit Tierarzneimitteln handle. Wir haben uns vom Staatsanwalt einen Durchsuchungsbefehl besorgt und sein Haus auseinander genommen.

Wir fanden ungefähr einen Schubkarren voll Medikamente, die wir ihm weggenommen haben. Diesmal sah der Richter es anders und hat zu seinen Gunsten entschieden. Das Vorrätighalten von Medikamenten war damals nicht strafbar. Wir mussten nach einem halben Jahr alle Medikamente wieder zurückgeben.

Du siehst - ich kenne diesen Mann schon seit langem. Dann behandelt er Tiere auch durch weiße und schwarze Magie. Was er genau im Stall macht, weiß ich nicht. Er tut alles, womit man Geld verdienen kann, nur nichts Ordentliches. Vermutlich richtet er auch viel Schaden an, es ist nur schwer, es ihm nachzuweisen. Ist dir schon einmal die Schreibweise aufgefallen, womit er seine Briefe unterzeichnet? Er verkürzt seinen Vornamen auf zwei Buchstaben, dann steht da „Lu. Ziefer“. Sprich das einmal flüssig aus, was kommt dann heraus?“

„Luzifer!“

„Siehst du, mit solchen billigen Tricks kann man einfache Gemüter beeindrucken. Was macht Ziefer denn noch?“

„Ich habe gehört, dass er auch noch Warzen weghext.“

„Das kann ich auch“, meinte Geitberg, „damit habe ich bei meinen Kindern schon gute Erfolge gehabt. Aber um noch einmal von Ziefer zu sprechen, er hasst mich und wird nichts auslassen, um mir zu schaden.

Er ist auch der einzige Mensch, der mich bisher wegen eines Vergehens gegen das Tierschutzgesetz angezeigt hat.“

Masser machte große Augen und fragte ungläubig:

„Soll das ein Witz seien, dich wegen des Tierschutzgesetzes anzuzeigen?“

„Das war in der Zeit, als wir unseren Hund Pluto erst seit kurzem hatten. Er war noch absolut unerzogen und ich war drauf und dran, ihn wieder herzugeben. Wir machten mit der Familie einen Sonntagnachmittag-Spaziergang und der Hund lief mit uns mit. Die Kinder ließen ihn immer wieder von der Leine und er hat an diesem Nachmittag alleine drei Hühner umgebracht. Jedes Mal musste ich mit dem Huhn zum Tierbesitzer, mich entschuldigen und das Tier bezahlen. Als er beim dritten Mal mit einem Huhn daherkam, platzte mir der Kragen. Ich packte das tote Tier und verprügelte Pluto nach Leibeskräften. Das half recht ordentlich, Pluto hat nie wieder ein Huhn erbeutet, wenn ihm heute eines zu nahe kommt, dreht er beleidigt den Kopf zur Seite. Und danach habe ich noch einmal mit der Stubendressur von vorne angefangen. Du weißt ja, die einfachen Befehle wie «Platz», «Down» und so weiter. Du kennst ihn, seitdem folgt er problemlos.“

„Und was hat das mit Ziefer zu tun?“

„Er hat die Szene mit dem Huhn beobachtet, und mich deshalb wegen Tierquälerei angezeigt. Polizei und Staatsanwalt haben sich einen Spaß daraus gemacht, mich zu vernehmen, die Sache wurde eingestellt. Es ist auch nie klar geworden, wen ich gequält haben sollte, das Huhn oder den Hund - so weit zum Thema Ziefer."

„Ich habe noch eine Information für dich", meinte Masser, „weil du doch so neugierig bist. Ziefer war auch hinter der verschwundenen Apollonia Reiter her.

Das Mädchen war wohl auffallend hübsch und hat vielen Männern den Kopf verdreht. Was zwischen den beiden war, wissen wir nicht, aber es war Ziefer, der als erster Vermisstenanzeige erstattet hat. Kennen gelernt hatte er sie wohl auf dem elterlichen Hof, er muss aber oft dabei gewesen sein, wenn sie Musik gemacht hat. Vom Alter her hätte er ihr Vater sein können, aber du weißt ja: Alter schützt vor Torheit nicht. Und er wäre nicht der erste ältere Herr, dem ein junges Mädchen den Kopf verdreht hat.

Was ich dir hier erzähle, darfst du aber nicht weitersagen, das ist ein Dienstgeheimnis. Ich komme in Teufelsküche, wenn das herauskommt."

Geitberg war aber noch nicht zufrieden: „Glaubst du, dass die Sekte auf dem Waldhof hinter dem Verschwinden steckt?"

„Darüber haben wir schon einmal gesprochen. Für möglich halte ich es schon, dass das Mädchen auf dem Waldhof ist oder war. Wir bekommen immer wieder Hinweise, dass junge Menschen von Sekten so beeinflusst werden, dass sie ihre Familien verlassen.

Wenn sie dann der Sekte ausgeliefert sind, vor allem wenn sie ihren Pass oder Personalausweis hergegeben haben, sind sie völlig hilflos. Sie werden später in einer Nacht- und Nebelaktion ins Ausland abgeschoben und dort ausgenutzt und missbraucht. Meistens hört man nie wieder etwas von ihnen, nur wenige schaffen den Absprung. Wir haben natürlich auch diese Möglichkeit überprüft, es gibt aber keinen Hinweis, dass das Mädchen auf dem Waldhof ist. Die Leute dort sind zwar nicht kooperativ, behaupten aber, dass sie die Apollonia seit einigen Wochen nicht mehr gesehen haben.

Das einzige, was in diese Richtung weisen würde, ist, dass die Reiters den Pass von ihrer Tochter nicht finden können.

Es gibt leider in unserer Gegend eine Vielzahl derartiger Gruppierungen, so dass ich gar nicht behaupten möchte, dass nur der Waldhof in Frage kommt."

Inzwischen waren sie wieder zur Dienststelle gekommen, verabschiedeten sich und jeder ging seine Wege. Geitberg suchte noch einmal sein Büro auf und überprüfte, was noch hereingekommen war. Er hatte kaum Platz genommen, da erschien sein Chef, und legte ihm einen Zettel auf den Schreibtisch.

„Da hat gerade eine Tierschützerin angerufen, du kennst sie, Frau Lord. Diesmal hat sie anscheinend etwas Begründetes für uns. Sie erzählt von Missständen auf dem Hof Riedvogel in Vorbuch."

„O je, meistens, wenn sie anruft, ist nichts dahinter. Hoffentlich ist es nicht wieder nur eine Streiterei zwischen Nachbarn. Aber wahrscheinlich hat sie diesmal Recht. Ich kenne den Hof, und war wegen Tierschutzsachen schon ein paar Mal dort. Ich werde gleich morgen früh hinfahren, ich nehme mir einen WKD-Beamten mit."

Der Chef war einverstanden, und Geitberg rief schnell bei Masser an, der auch noch an seinem Schreibtisch saß.

„Hallo, das ist gut, dass ich dich noch erreiche, ich brauche dich gleich morgen früh bei einem Tierschutzfall. Wir müssen zum Hans Riedvogel, nach Vorbuch, hast du Zeit?"

Masser hatte noch einen Termin frei und sie vereinbarten einen Zeitpunkt, an dem er Geitberg abholen sollte. Geitberg wies noch darauf hin, dass Stallkleidung und hohe Gummistiefel vonnöten seien.

Als der Tierarzt nach Hause fuhr, wirbelten ihm die Ereignisse des Tages durch den Kopf. Er beschloss, seiner Frau von der Verwünschung nichts zu erzählen. Die Geitbergs waren gut katholisch, wenn auch nicht sehr streng. Er wollte an diesem Abend seine Ruhe haben und nicht über Aberglauben diskutieren. Es gelang ihm aber nicht, abzuschalten, der Fluch belastete ihn und beschäftigte seine Gedanken.

„Denn das Tor ist weit, das ins Verderben führt, und der Weg dahin ist breit, und viele gehen auf ihm.“ Mt 7,13

Der Verfall

17. Oktober

An diesem Morgen ging die Sonne strahlend auf, es hatte auch in dieser Nacht wieder gefroren. Als Geitberg von zu Hause wegfuhr, stand noch der Mond am Himmel, er war in der abnehmenden Phase, aber noch gut zu sehen.

Früher war sein Hobby die Jägerei gewesen, deshalb beobachtete er das Wetter aus der Sicht des Weidmannes. In solchen Nächten hatte er manche Stunden auf dem Hochsitz verbracht, bis ihm die Finger klamm gefroren waren.

Es wäre eine gute Nacht gewesen, um auf Wildschweine anzusitzen. Das Mondlicht hätte ausgereicht, um einen sicheren Schuss abzugeben. Es gab in der Gegend zu viele Sauen, die großen Schaden auf den Äckern anrichteten. Die Bauern riefen immer wieder die Jäger um Hilfe, die aber der Plage nicht Herr wurden.

Im Büro suchte Geitberg die Akte Riedvogel heraus und überflog die alten Eintragungen.

Kaum war er fertig, klopfte schon Mario Masser an die Bürotür.

„Hallo, guten Morgen, gut geschlafen?“

„Ebenso einen guten Morgen! Ich muss zugeben, ich habe nicht besonders gut geschlafen. Mir erschien in dieser Nacht immer wieder der Ziefer als Teufel. Obwohl ich gut katholisch bin, hat mir die Sache von gestern doch zu Denken gegeben.

Irgendwie achtet man darauf, ob der Fluch in Erfüllung geht. Es ist natürlich nichts passiert und ich habe Angst, mich in die Sache hinein zu steigern und mich lächerlich zu machen.

Aber jetzt Ende mit diesem Mist, wir haben einen interessanten Fall, warst du schon einmal beim Hans Riedvogel in Vorbuch?“

„Nein, noch nicht, aber du wirst mir erzählen, was ich wissen muss. Es wird besser sein, wir unterhalten uns im Fahrzeug."

Sie überlegten, was an Ausrüstungsgegenständen erforderlich sei und luden sie in den Kofferraum. Masser saß am Steuer, so konnte Geitberg berichten: „Der Hans Riedvogel ist ein Junggeselle, der Zeit seines Lebens auf diesem Hof war. Solange der Vater noch lebte, war alles in Ordnung.

Der Hans hat Metzger gelernt, übernahm aber den Hof, als der Vater starb. Die Mutter war schon vor vielen Jahren verstorben und die beiden Männer hatten ihre eigenen Vorstellungen von Ordnung und Sauberkeit. Aber das ist für uns nicht wichtig, ich muss mich um die Tiere kümmern, und du schaust ein bisschen nach dem Umweltschutz.

Ich wollte dir erzählen, was bisher auf dem Hof passiert ist: Riedvogel kümmert sich nicht um sein Anwesen. Er lässt es verfallen, ohne etwas zu reparieren.

So kam es, dass ich vor drei Jahren gerufen wurde, weil der Hoftierarzt in die Güllegrube gefallen war, und mir mitteilte, dass der Stall nicht mehr sicher sei. Ich fuhr am Folgetag hin, da waren viele Leute auf dem Hof. Obwohl es nicht die Jahreszeit für so etwas war, fuhren sie mit mehreren Fässern die Gülle auf die Wiese hinaus. Die Feuerwehr war auch da.

Als ich in den Stall ging, sah mir aus einem großen Loch im Boden eine Kuh von unten entgegen. Sie war durch den Boden gebrochen und in den darunter liegenden Güllekanal gefallen. Zu meiner Überraschung verhielt sich das Tier völlig ruhig, es beobachtete mit einem geradezu fröhlichen Blick die Bemühungen der Männer über ihm.

Als die Gülle ungefähr zur Hälfte abgepumpt war, versuchte man, mit einem Stab einen Gurt unter dem Tier durchzuschieben. Das gelang nach einigen Versuchen, nun wurde aus Balken ein Kran errichtet und das Tier herausgezogen. Ich hatte hier nichts mehr zu tun und unterhielt mich noch mit dem Feuerwehrkommandant, der mir versprach, das Loch im Boden abzudekken und die Sicherheit zu überprüfen. Er rief mich dann später an und sagte, er habe große Bedenken, die Tiere im Stall zu lassen. Es gab jedoch keine Handhabe, die Tierhaltung zu verbieten. Später war ich dort noch ein paar Mal wegen einiger Kleinigkeiten, das war aber nichts Besonderes. Er bekommt immer wieder Ärger mit Nachbarn, weil er zu den unmöglichsten Zeiten in den Stall geht, das heißt, die Kühe muhen nachts um 23 Uhr oder später. Die Anwohner können dann nicht schlafen und beschweren sich."

Geitberg hatte während des Redens seinen Fahrer mit Handzeichen dirigiert, aber nicht genügend aufgepasst und nun hatten sie sich verfahren. Eine Straße wurde ausgebaut, der Verkehr deshalb weiträumig umgeleitet, Geitberg fand den Weg nicht mehr. Bei der nächsten Kreuzung war zum Glück ein Bauer damit beschäftigt die Gräben frei zu räumen. Er konnte ihnen genau Auskunft geben, kannte den Veterinär und lachte:

„Zum Riedvogel wollt Ihr, das ist gut, dass dort mal einer nachschaut. Er ist ja ein netter Kerl, aber er verlottert zusehends. Außer wenn er auf Brautschau geht, dann richtete er sich ordentlich her. In letzter Zeit schmeckt ihm das Bier besonders gut, es fährt fast öfters der Bierwagen hin als der Milchwagen weg. Da fahren Sie mal in diese Richtung, und hinter dem Wald an der ersten Straße rechts, dann kommen sie unmittelbar nach Vorbuch. Das sind fünf Höfe, sie müssen in den zweiten von links. Und den können sie nicht verwechseln, so wie es dort aussieht."

Sie fanden nach wenigen Kilometern den Hof. Er lag unmittelbar an einem großen bewaldeten Berg. Es war ein ehemals schönes Anwesen mit mehreren Gebäuden und einigen alten Kastanienbäumen. Auf den Dächern fehlten Ziegel, um die Häuser herum lag viel Müll. Sie stellten den Wagen vor den Stall und suchten den Hausherren. Nach ausgiebigem Klopfen am Wohnhaus erschien der Hausbesitzer, sie wurden in die Küche hereingebeten. Hans Riedvogel war ein stattlicher Mann, etwa vierzig Jahre alt, mit schwarzen dichten Haaren, einem schwarzen Vollbart, und leuchtend weißem Gebiss. Die blauen Augen strahlten sie an, als wäre die Kontrolle ein Fest. Er war ebenso groß wie Geitberg, erinnerte sich gleich an ihn und begrüßte ihn herzlich. Auch Masser wurde in diesen freudigen Empfang miteinbezogen. Während dessen stellte der Veterinär fest, dass in der Decke der Küche ein Loch war, durch das man bis zum Dachgiebel sehen konnte. Selbst im Dach waren wiederum Lücken, durch die der blaue Himmel hereinlachte.

Sie forderten ihn auf, mit ihnen in den Stall zu gehen, obwohl er aussah, als wollte er soeben in die Sonntagsmesse: weißes Hemd, schwarze Hose, schwarze blitzblank geputzte hohe Lederstiefel. Geitberg schnüffelte vorsichtig, roch aber bei dem Bauern keinen Alkohol. Auch sein Verhalten gab keinen Hinweis, dass er getrunken hatte.

„Ich muss mich sowieso noch umziehen, weil ich heute noch nicht im Stall war. Die Kühe sind schon etwas unruhig."

Er verschwand im Nebenraum, die beiden hatten Gelegenheit, sich in der Küche umzusehen. Offensichtlich war schon seit Jahren nicht mehr aufgeräumt worden, auf dem Tisch war nur ein kleiner Platz frei, auf dem man essen konnte. Besteck und Geschirr waren dem Schmutz nach schon mehrfach benützt worden. Geitberg flüsterte:

„Mit dem, was hier herum steht, könnte man einen ganzen Gemischtwarenladen ausstatten. Allein von dem Flaschenpfand könnte man einige Tage leben. Schau mal nach oben und genieße die Aussicht. Habe ich dir zu viel versprochen? Es ist aber komisch, dass er erst jetzt zum Melken in den Stall geht, das wäre doch schon längst fällig gewesen."

Sie wandten sich ins Freie, die Kühe im Stall waren unruhig und muhten. Von außen fielen die Löcher im Dach des Wohnhauses noch mehr auf, auch das Dach des danebenliegenden Stalles war am Zusammenbrechen. Durch ein Fenster beobachteten sie das Gesicht von Riedvogel, er sah besorgt aus. Als er aber zu ihnen herauskam, strahlte er wieder wie am Anfang. Sie zogen ihre Schutzkleidung an und folgten ihm.

Er öffnete ihnen die Türe, durch die man in die Milchkammer gelangte. Dieser Raum, in dem über die Qualität der Milch entschieden wird, interessierte den Lebensmittelhygieniker besonders. Es gab aber keine Beanstandungen. Dann folgten sie dem Bauern in den Viehstall.

Es war ein Anbindestall, die Tiere standen in zwei langen Reihen und drehten ihre Köpfe den Besuchern zu. Gleich links standen das Jungvieh und die Mastbullen, mit Ketten angebunden.

Obwohl draußen heller Tag war, konnte man im dunklen Stall fast nichts erkennen. Die Fenster waren so schmutzig, dass kaum Licht eindrang.

Zur Standardausrüstung des Veterinärs gehörte eine Taschenlampe. Geitberg richtete sie auf das Jungvieh, die Haare sträubten sich ihm:

Bei fast allen diesen Tieren waren die Halsketten so tief eingewachsen, dass sich die Haut darüber wieder geschlossen hatte. An der Stelle, an der die Kette unter der Haut hervorkam, suppte der Eiter. Das passiert, wenn man bei heranwachsenden Tieren die Größe der Kette nicht dem Umfang des Halses entsprechend anpasst. Der Hals wird dicker, und die Kette wächst in das lebende Gewebe ein. Die Tiere erleiden dadurch über lange Zeit große Schmerzen.

„Könnten Sie bitte Licht machen, ich muss mir das genau ansehen. Mario, bitte hol den Fotoapparat!"

Der Bauer rief kurz, „da brauche ich ein bisschen Zeit, ich muss erst zur Tankstelle fahren", und verschwand.

Die beiden sahen sich verdutzt an.

„Warum muss man zur Tankstelle fahren, um das Licht einzuschalten. Das verstehe ich nicht. Dort drüben ist doch ein Lichtschalter, ich versuche es einmal."

Geitberg ging zum Eingang und knipste den Lichtschalter um.

Nichts passierte.

„Offensichtlich kein Strom, Mario, du hast doch eine starke Lampe im Auto, würdest du sie bitte holen."

Der war sowieso schon auf dem Sprung, um den Fotoapparat zu holen.

Er brachte ihn und eine starke Handlampe mit, wie die Polizei sie benützt.

Sie fingen an, die Befunde zu dokumentieren. Geitberg schrieb, notierte die Ohrmarken, leuchtete die Tiere ab und wies Masser an, was er fotografieren solle.

Fast alle Rinder waren unterernährt, die Muskulatur war eingefallen und die Knochen standen hervor. Als Geitberg ihnen Futter vorwarf, fraßen sie gierig. Nur die frei laufenden Kälber waren kugelrund, sie mussten eine separate Futterquelle haben.

Im Schein der Taschenlampe fand sich eine stabile Holztreppe am Rand des Stalles, die nach oben zum Heuboden führte. Schon länger waren über ihnen geheimnisvolle Geräusche aufgefallen, sie stammten anscheinend nicht von Menschen.

Während Geitberg noch überlegte, ob er sich dieser Treppe anvertrauen könnte, erschien im oberen Bereich ein Kalbskopf und schaute misstrauisch im Stall herum. Der restliche Tierkörper folgte, und vorsichtig tastete das Kalb die steile Stiege hinunter. Anscheinend hatten die Kälber gelernt, für sich selber zu sorgen, und kletterten, wenn sie Hunger hatten, die Treppe hinauf und hinunter.

Der Veterinär hatte es bisher für unmöglich gehalten, dass junge Rinder so eine Treppe bewältigen konnten. Damit war das Rätsel gelöst, warum die Kälber so gut genährt waren: sie deckten ihren Bedarf selbst. Er nahm sich vor, später oben nach dem Rechten zu sehen, vergaß das aber im Trubel der folgenden Ereignisse.

Er stand auf dem Mittelgang und zog unwillkürlich den Kopf ein, um nicht gegen etwas zu stoßen, was von oben in den Raum herein ragte. Nach dem er mehrfach ausgewichen war, wurde es ihm zu dumm, und er untersuchte den Gegenstand, der ihn immer wieder sich bücken ließ. Er prallte zurück. Was da von oben durch die Decke kam, war ein tonnenschwerer Ladewagen. Offenbar war die Stalldecke gleichzeitig der Tennenboden und diente zum Abstellen landwirtschaftlicher Fahrzeuge. Und da war eben der Ladewagen teilweise durchgebrochen.

Wenn jemand unter dem Fahrzeug stand, wenn es endgültig abstürzte, bestand Lebensgefahr. Er sagte Mario Bescheid und ab sofort machten die beiden einen großen Bogen um diese Stelle.

„Sind das alle Tiere, oder hat er noch welche in einem anderen Stall?"

„Diese Frage lässt sich in Abwesenheit des Besitzers nur durch Nachforschungen klären", dozierte Geitberg.

Sie verließen den Stall und teilten sich auf, einer ging nach links, einer nach rechts.

Geitberg hatte die Waldseite. Er stellte schnell fest, dass es hier keine weiteren Tiere gab. Trotzdem plagte ihn die Neugierde und er suchte weiter, um einen Blick von außen in die Tenne zu werfen.

Unterwegs kam er an einem halb zerfallenen Schuppen vorbei, in dem im oberen Stock ein alter VW-Käfer stand. Das Auto hatte noch ein zweigeteiltes Rückfenster und sah gut erhalten aus.

Er selbst interessierte sich nicht für alte Autos, kannte aber einen Staatsanwalt, der mit Vorliebe solche Fahrzeuge restaurierte. Geitberg nahm sich vor, diesem gelegentlich einen Tipp zu geben, es schadete nichts, wenn man sich bei dieser Behörde beliebt machte.

Andererseits fiel es ihm schwer, diesem Mann einen Gefallen zu tun, denn er hatte ihm vor kurzem einen Tierschutzprozess eingestellt, was Geitberg sehr geärgert hatte. Nur schien es fast unmöglich, den VW herab zu bekommen, wahrscheinlich musste man eine Rampe bauen oder einen großen Kran einsetzen.

Er wandte sich bereits zum Zurückgehen, als ihm am Waldrand, wo gleichzeitig die Ortsgrenze war, eine Rübenmiete oder etwas Ähnliches auffiel.

Dort hatten Wildschweine „gebrochen", wie der Jäger das Wühlen der Sauen im Boden bezeichnet. Das interessierte ihn. Er versuchte, auf Umwegen durch das Gerümpel hinzukommen. Zu seiner Erleichterung fand er eine asphaltierte Straße, die an der

Miete vorbeiführte. Im Gehen überlegte er, wie er ansitzen würde, wenn er hier jagen würde.

Bald war er am Ziel und umrundete den Erdhügel, der frisch aufgeworfen worden war, in großem Bogen. Er studierte die Fährten der Sauen im weichen Boden und kam dem Haufen immer näher. Die Schwarzkittel hatten hier nur an einer Stelle die Erde aufgewühlt. Der erfahrene Jäger wollte genauer wissen, was die Tiere so interessiert hatte. Er beugte sich vornüber, stutzte, schaute noch einmal, und richtete sich mit weißem Gesicht auf.

„Das kann doch nicht sein!

Geht mit mir die Fantasie durch, sehe ich Gespenster?

Nur erstmal ganz ruhig bleiben!“

Diese Gedanken schossen ihm durch den Kopf.

Was da die Sauen ausgegraben hatten, war zweifellos ein halb zerbissener Menschenfuß, der nun aus dem Boden ragte. Fieberhaft überlegte er, ob es nicht etwas anderes sein könnte. Er versuchte alle anderen Möglichkeiten auszuschließen, doch er kam immer wieder auf das eine Resultat zurück.

Die Haut und ein Großteil der Muskeln und Sehnen waren zwar weggebissen, es gab jedoch keinen Zweifel: am großen Zeh war ein Rest Nagel übrig geblieben. Das war eindeutig.

Ihm war schwindlig und er konnte sich nur mühsam auf den Beinen halten. Beim Weggehen würgte er und erbrach sich.

Völlig verstört schlug er einen großen Bogen zurück zum Hof.

Dort warteten Riedvogel und Masser schon auf ihn.

Riedvogel erklärte, man habe ihm Strom und Telefon gesperrt, deshalb habe er für seinen Traktor, mit dem er einen Generator betreibe, Dieselkraftstoff holen müssen. Nun solle es gleich Licht geben, er füllte den Diesel in den Tank und warf den Motor an. Jetzt könne er seine Melkmaschine betreiben, man möge ihn entschuldigen, er habe zu tun und verschwand im Stall.

Masser hatte sich bisher auf Riedvogel konzentriert, nun sah er Geitberg an und erschrak:

„Mein Gott, du bist ja käseweiß!

Ist dir schlecht?

Setz dich sofort hin!“

Er fasste ihn am Arm und führte ihn zum Wagen.

„Walter, sag’ doch was. Was ist denn mit dir los?“

„Da hinten am Wald“, stotterte der, „da hinten am Wald liegt eine Leiche, eine Menschenleiche, vergraben und von den Wildschweinen ausgegraben. Die Leiche wollte jemand verschwinden lassen, da liegt ein Verbrechen vor. Hol die Kripo!“

Masser reagierte sofort.

Über Polizeifunk veranlasste er das Erforderliche.

Dann wandte er sich wieder seinem Freund zu:

„Leg die Beine hoch! Atme tief in den Bauch ein! Ruhig und regelmäßig atmen!“

Schon nach wenigen Minuten erschien der erste Streifenwagen, gefolgt von einem Sanka. Dann kamen die Wagen der Kripo und der Spurensicherung.

Riedvogel war vom Melken herausgekommen, als so viele Fahrzeuge auf seinen Hof fuhren. Ein Beamter musste ihn begleiten, damit er wieder zum Melken zurückging.

Nun führte Geitberg die Polizisten zu der Stelle, wo er den grausigen Fund gemacht hatte. Der Platz wurde weiträumig abgesperrt.

Geitberg und Masser hatten jetzt nichts mehr mit der Leiche zu tun. Ihre Aussagen sollten sie später auf dem Polizeirevier machen.

Sie kehrten wieder zu Riedvogel auf den Hof zurück. Im Stall brannte nun Licht, die Melkmaschine surrte. Der Bauer war allein. Das Vorgehen mit den eingewachsenen Ketten musste besprochen werden.

Riedvogel wollte aber zuerst wissen, was es mit dem Polizeiaufgebot auf sich habe.

Masser teilte ihm mit, dass dies mit ihm nichts zu tun habe und ihn auch nichts anginge, er solle nicht so neugierig sein.

„Sie werden schon noch erfahren, was hier passiert ist. Vorerst wird sicherlich eine Nachrichtensperre verhängt. Nun aber zu Ihren Tieren."

„Es gibt eigentlich nur eine Lösung", meinte Geitberg, „die armen Kreaturen müssen notgetötet werden. Ein Transport ist mit diesen eingewachsenen Ketten eine Quälerei ersten Ranges und nicht zulässig.

Wenn Sie der Meinung sind, dass Sie die Tiere noch länger im Stall behalten wollen, müssen die Ketten unter Narkose entfernt und eine Wundbehandlung muss durchgeführt werden. Das darf aber nur ein Tierarzt machen. Wer ist denn Ihr Hoftierarzt?"

„Einen richtigen Hoftierarzt habe ich keinen mehr, der ist mir einmal in die Güllegrube gefallen und beinahe ertrunken. Dort drüben sehen Sie noch das Loch in der Abdeckung, seitdem kommt er nicht mehr.

Wenn ein Tier krank ist, behandle ich es selbst, oder ich rufe den Ziefer, er hat so allerlei Mittelchen. Oft heilt er auch durchs Telefon, da sagt er einen Zauberspruch auf, das kostet dann fast nichts."

„Den Ziefer können wir hier nicht brauchen. Das muss ein approbierter Tierarzt sein. Auf jeden Fall will ich dabei sein, wenn die Ketten oder die Tiere entfernt werden.

Wie konnten Sie es nur so weit kommen lassen? Das ist eine Tierquälerei der schlimmsten Art, das hätte ich Ihnen nicht zugetraut. Ich muss - da führt kein Weg daran vorbei - auch Anzeige gegen Sie erstatten."

„Mir ist die Sache selber sehr unangenehm. Ich habe es einfach nicht gemerkt, dass die Ketten einwachsen. Sonst hätte ich natürlich etwas unternommen. Das darf mir nicht mehr passieren."

„Wahrscheinlich werden Sie nicht mehr viel Gelegenheit haben, Ihre Tiere zu versorgen. Ich werde die Bauaufsichtsbehörde verständigen. Der Stall ist so baufällig, dass vermutlich ein Betretungsverbot ausgesprochen wird. Weil Sie dann Ihre Tiere nicht mehr versorgen können, müssen Sie sie entweder woanders unterbringen oder verkaufen."

„Das ist nicht so schlimm", Riedvogel wirkte ruhig, „ich wollte sowieso demnächst mit der Rinderhaltung aufhören. Jetzt kommt der Zeitpunkt halt etwas früher, das macht aber nichts."

„Was wollen Sie denn mit dem übrigen Vieh anfangen? So, wie die Tiere dastehen, sind sie nicht viel wert. Wie steht es denn mit Ihren Futtervorräten?"

„Also ich hätte diesen Winter sowieso Vieh verkaufen müssen, da ich zu wenig Futter habe."

„Wenn Sie die Tiere sowieso woanders unterbringen, dann können Sie sie noch ein paar Monate auffüttern, damit Sie einen ordentlichen Schlachtpreis bekommen. Ich würde da einmal mit einem Viehhändler ein Gespräch führen."

Riedvogel nickte zustimmend. Er war nun mit dem Melken seiner wenigen Kühe fertig und begleitete die Beamten zum Fahrzeug.

Geitberg studierte noch einmal den baufälligen Stall. Dabei fiel ihm ein großes, schartiges Messer auf, das hoch oben in einem Balken steckte, die scharfe Seite nach oben. Nicht weit daneben, ebenso hoch und außerhalb jeder Reichweite, war eine tote Eule an die Wand genagelt. „Was hat eigentlich dieses Messer für eine Bedeutung, da kommt doch niemand ran?"

„Wissen Sie das denn nicht? Das Messer hilft gegen Hexen, wenn die durch die Luft reiten, dann zerschneiden Sie sich an diesem Messer und sterben.

Genauso die Eule, sie schreckt die Hexen ab, weil sie wissen, dass es ihnen genauso geht, wenn man sie erwischt."

„Das ist ja nicht zu fassen, glauben sie das wirklich?" regte sich Masser auf. – „Natürlich", konterte Riedvogel, „das weiß jedes kleine Kind hier, ich könnte Ihnen da Dinge erzählen, da würden Ihnen die Haare zu Berge stehen.

Sehen Sie das Haus dort drüben, das mit dem auffallend roten Dach? Der Mann hat sich in den letzten Wochen scheiden lassen und seine Frau hinausgeworfen, weil sie eine Hexe ist. Seitdem ist es hier in unserem Dorf viel besser geworden mit dem Vieh.

Aber sehen Sie mal, wer da kommt! Das geht nicht mit rechten Dingen zu, dass der gerade jetzt kommt, der weiß mehr, als wir wissen."

Und tatsächlich fuhr ein Wagen auf den Hof, blieb neben den Männern stehen und das Seitenfenster wurde heruntergekurbelt. Es war Ludwig Ziefer, der fragte, ob im Stall alles in Ordnung sei oder ob er helfen könne. Und was die vielen Polizeiautos bedeuten würden?

Niemand antwortete ihm, dann meinte Riedvogel: „Mir kann keiner mehr helfen, die machen mich kaputt, sie nehmen mir die Herde weg."

Ziefer griff sofort den Veterinär an.

„Das ist wieder typisch für euch Scheiß-Beamte, harmlosen Bürgern die Existenz wegnehmen! Das sind Nazi-Methoden, schlimmer als die Gestapo. Aber ich werde Sie schon noch fertig machen, ich brauche nur noch die passende Gelegenheit! Irgendein Mittelchen wird mir schon einfallen", und bevor die anderen Luft holen konnten, fuhr er vom Hof, dass die Kiesel unter dem Wagen hervor spritzten.

„Lassen wir uns das bieten? Sollen wir ihn anzeigen?"

Geitberg ärgerte sich über die Beleidigungen. Aber Masser beruhigte ihn.

„Das nützt überhaupt nichts. Du hast vor Gericht keine Chance. Schluck es hinunter. Wir Polizisten sind es gewohnt, beleidigt zu werden. Da gewöhnst du dich noch daran."

Allmählich verspürte Geitberg, dass es Mittagszeit war und er etwas zum Essen brauchte. Auf diesem Betrieb gab es nichts mehr zu tun, sie verabschiedeten sich vom Bauern und verließen den Hof. Es lag nun eine Menge Schreibarbeit vor ihnen, deshalb entschieden sie sich, heute keinen weiteren Betrieb mehr aufzusuchen und fuhren zur Dienststelle zurück.

Geitberg stieg einen Block vorher aus und holte sich aus einer Bäckerei eine Kleinigkeit. Er aß mittags in der Regel nicht viel. Abends, zuhause mit seiner Familie, schmeckte es ihm viel besser.

Im Veterinäramt telefonierte Geitberg mit dem Bauamt und teilte ihnen seine Sorgen mit. Sie versprachen, sobald wie möglich nachzuschauen.

Inzwischen war auch der Anruf von der Polizei gekommen, wo und wann Geitberg seine Aussage über den Leichenfund machen sollte. Nachdem er seinen Befund über den Tierschutzfall ins Reine geschrieben hatte, ging er, sehr neugierig, auf das Revier.

Dort machte er seine Aussage und unterschrieb das Protokoll. Er war bitter enttäuscht, dass er nichts über den neuen Informationsstand im Leichenfall erfuhr.

Am restlichen Nachmittag passierte nichts Aufregendes mehr und Geitberg ging früher nach Hause. Er hatte genügend Überstunden, um sich ein bisschen schonen zu können.

Das Abendessen musste er allein einnehmen, die gesamte Familie war zu den verschiedensten Veranstaltungen ausgeflogen.

„Du brauchst dich vor dem Schrecken
der Nacht nicht zu fürchten,...
nicht vor der Pest, die im Finsteren schleicht,
vor der Seuche, die wütet am Mittag."
Ps 91,5

Die Seuche

18. Oktober

Am nächsten Tag lagen nur Routinearbeiten an. Erst am Nachmittag wurde es wieder spannend.

Zuerst bekam er einen Anruf vom Schlachthof: die Dienst habende Kollegin beschwerte sich bitterlich, dass ein Herr Riedvogel Tiere angeliefert habe, bei denen die Halsketten eingewachsen waren. Und der Tierbesitzer habe behauptet, es sei im Auftrag von Dr. Geitberg gewesen.

Er wehrte sich und erklärte, dass ein Transportverbot ausgesprochen worden war. Dafür gäbe es einen amtlichen Zeugen. Er bat noch um einen schriftlichen Bericht, um die Anzeige gegen Riedvogel erweitern zu können.

Dann erschien Geitbergs Chef mit einem Zettel in der Hand und grinste.

„Du hast die Seuche, lies einmal! Das Untersuchungsamt hat gerade angerufen und dieses Ergebnis durchgegeben."

Geitberg studierte die Notiz: Bei einer vor kurzem geschlachteten Kuh war Rindertuberkulose nachgewiesen worden. Der Betrieb, von dem die Kuh stammte, hieß Karl Birkenhofer in Riesen".

„Ich dachte, Rindertuberkulose ist bei uns ausgerottet."

„Das dachte ich auch", meinte der Amtsleiter, „seit Jahren hatten wir keinen Fall mehr. Aber du hast ja viel Erfahrung, du wirst das schon in Ordnung bringen."

Geitberg schnaufte tief durch und nahm den Telefonhörer zur Hand. Als erstes rief er auf dem Hof an und sperrte den Betrieb.

Das bedeutet, dass kein Vieh mehr den Hof verlassen darf. Als nächstes wurde geklärt, ob rohe Milch vom Stall aus verkauft worden war. Dies war nicht der Fall. Durch diese Verbote sollte die Verschleppung der Seuche auf Tiere und Menschen unterbunden werden.

Dann kündigte er für den nächsten Tag seinen Besuch an. Es musste der so genannte „Tuberkulintest“ durchgeführt werden. Dabei wird dem Rind eine Substanz in die Haut injiziert, drei Tage später wird untersucht, ob sich an dieser Stelle eine Schwellung gebildet hat. Ist das der Fall, gilt das Tier als infiziert und wird ausgemerzt.

Er suchte seine Gerätschaften zusammen, die er seit Jahren nicht mehr gebraucht hatte. Die nötigen Ampullen waren vorhanden, er überprüfte das Mindesthaltbarkeitsdatum und stellte zufrieden fest, dass sie noch einsetzbar waren.

Die übergeordnete Behörde wurde verständigt, das weitere Vorgehen abgesprochen. Mit Hilfe der Sekretärin gab er in einen anderen Computer die Seuchenmeldung ein. Anzeigepflichtige Krankheiten müssen umgehend im System „Tierseuchennachrichten“ an eine Bundeszentrale gemeldet werden.

Er holte sich aus seinem PC alle Informationen, die über den Betrieb verfügbar waren. Dabei fand er heraus, dass das Tier, bei dem die Tuberkulose nachgewiesen worden war, vor einem Jahr aus einem anderen Gebiet zugekauft worden war. Daraufhin rief er den dortigen Veterinär an und teilte ihm die Sachlage mit. Eine Akte wurde angelegt, es war zu erwarten, dass viel Papier abzulegen sein würde. Mit dem Gefühl, dass eine Menge Arbeit auf ihn zukomme, verabschiedete sich Geitberg von seinen Kollegen und ging nach Hause.

19. Oktober

Schon am nächsten Morgen in der Frühe war Geitberg unterwegs. Er hatte sich noch mit zwei Praktikantinnen verabredet, die zurzeit am Veterinäramt Dienst hatten.

Sie trafen pünktlich am vereinbarten Treffpunkt ein und stiegen in Geitbergs Wagen. Den Weg hatten sie sich auf der Karte vorher angesehen, sie kannten zwar den Ort noch nicht, die Straße war aber gut ausgeschildert.

Der Zweihöfe-Weiler „Riesen“ lag malerisch am Steilufer eines Flusses.

Welcher der beiden Höfe war der richtige?

Sie versuchten es bei dem ersten Anwesen und hatten Glück. Der Bauer und sein Vater, der noch sehr rüstig war, hatten sie schon erwartet und empfingen sie mit betretenen Mienen. Nach Vorstellung und Begrüßung besprachen sie noch am Auto das weitere Vorgehen.

Das schöne Herbstwetter hatte angehalten, es war unangenehm kalt um diese Tageszeit, Geitberg fror, er hatte es eilig, in den warmen Stall zu kommen. Er zog sich mit seinen Begleiterinnen Seuchen-Schutzkleidung an und nahm seine Gerätschaften mit in den Stall.

Ein Tier nach dem anderen wurde seitlich am Hals rasiert und bekam das Testpräparat in die haarlose Stelle injiziert. Vorher wurde noch die Hautdicke gemessen. Eine der jungen Damen musste Buch führen und Ohrmarkennummer und Hautdicke notieren.

Später ließ er die angehenden Tierärztinnen auch die Injektio nen durchführen. Sie waren sehr daran interessiert dies selbst auszuprobieren, da sich so eine Gelegenheit nur selten bot. Nach etwa zwei Stunden waren sie fertig, die Schutzkleidung wurde noch im Stall ausgezogen, die Stiefel desinfiziert. Am Auto wurden die Schreibarbeiten abgeschlossen.

Die beiden Birkenhofers wollten genau Bescheid wissen: „Woher kommt diese Krankheit, was bedeutet sie, und wie geht es weiter?“

„Gehen wir der Reihe nach vor", schlug Geitberg vor.

„Woher die Krankheit kommt, wissen wir zurzeit noch nicht. Es ist auch nicht sicher, ob die Kuh, bei der die Veränderungen nachgewiesen wurden, die Krankheit eingeschleppt hat. Sie kann sich auch hier im Stall angesteckt haben, und ist nur als erste aufgefallen.

Heute haben wir alle Tiere untersucht, indem wir eine Testsubstanz injiziert haben. In drei Tagen komme ich wieder, und lese diese Stelle ab. Wenn sich eine Schwellung gebildet hat, zeigt dies, dass das Tier sich schon einmal mit dem Erreger auseinander gesetzt hat.

Für uns bedeutet es, dass dieses Tier infiziert ist, irgendwann selber krank wird oder zumindest ein Risiko darstellt. Vielleicht haben wir Glück und es handelt sich bei dem Schlachtbefund nur um einen Einzelfall.

Dann werden wir in zwei Monaten noch einmal den Bestand durch untersuchen, und vielleicht ist dann alles vorbei. Wenn natürlich mehrere Tiere infiziert sind, sieht es anders aus. Wie es dann weiter geht kann ich im Moment nicht sagen.

Wichtig ist mir, dass sie wissen, dass diese Tuberkulose auch auf Menschen übertragbar ist. Haben Sie rohe Milch selbst getrunken oder abgegeben?"

„Natürlich trinken wir die Milch von unseren Kühen selbst. Andere haben keine Milch bekommen, außer natürlich der, die in die Molkerei gegangen ist."

„Wir werden das Gesundheitsamt verständigen, die schicken Sie dann sicherheitshalber zu einer Untersuchung. Wenn Sie Milch trinken wollen, kochen Sie sie bitte vorher auf. Das gilt natürlich auch für Gäste. Mit der Molkerei haben wir keine Probleme, ich habe das schon überprüft, die Milch von ihrem Hof wird erhitzt.

Machen Sie sich um die finanzielle Seite keine Sorgen, wenn hier Tiere entfernt werden, wird das entschädigt.

Eines muss ich noch erwähnen, damit Sie sich nicht unnötig Sorgen machen. Die Übertragung vom Tier auf den Menschen ist äußerst selten, Sie können also ruhig schlafen. Schwierigkeiten gibt es nur bei immungeschwächten Personen wie Kleinkindern, Schwangeren, kranken oder alten Leuten und so weiter."

Trotzdem machte der junge Bauer sich Sorgen.

„Hoffentlich geht alles gut, ich möchte nächsten Samstag heiraten."

„Ich werde alles versuchen, damit dieser Tag nicht gestört wird", mit diesen Worten verabschiedete sich Geitberg, und verwies auf sein Wiederkommen in drei Tagen.

Plötzlich fiel ihm noch etwas ein.

„Wie steht es eigentlich mit den Tierkontakten zu den Nachbarn? Kommen die Tiere auf der Weide zueinander?"

„Nein, mit den Reiters verstehen wir uns nicht besonders. Wir gehen uns lieber aus dem Weg. Ihre Kühe weiden nach Westen hin, unsere Weiden liegen nach Osten."

„Das ist aber schade, wenn sich zwei Nachbarn, die so allein in der Einöde liegen, nicht verstehen. Sie sind doch aufeinander angewiesen." Geitberg dachte nach. „Den Namen «Reiter» habe ich in letzter Zeit doch öfters gehört. Ich überlege gerade, in welchem Zusammenhang?"

„Vermutlich wegen der verloren gegangenen Tochter? Die Apo ist seit einigen Wochen verschwunden, und keiner weiß, wo sie ist."

„Apo steht dann vermutlich für Apollonia, ist das richtig?" Geitberg dachte mit Unbehagen an seinen gestrigen schaurigen Fund, sagte aber nichts davon.

„Ja, die Apo war früher als Kind viel bei uns, als wir noch befreundet waren, aber jetzt war sie schon lange nicht mehr da. Ein liebes Mädchen, hoffentlich kommt sie bald wieder. Aber bei dem, was die Reiters treiben, konnte es nicht ausbleiben, dass ein Unglück geschieht."

„Sie machen mich neugierig, was ist denn dort los?"

„Das geht mich nichts an, darüber möchte ich nicht sprechen!"

Und Birkenhofer Junior drehte sich um und zeigte ihnen den Rücken. Der Vater hielt Geitbergs Blick stand, sagte aber ebenfalls nichts. Nachdem offensichtlich nichts mehr zu erfahren war, stiegen die Tierärzte in den Wagen und rollten vom Hof.

Auf der Fahrt mussten noch die Praktikantinnen beruhigt werden, sie hatten Angst, die Tuberkulose auf ihre eigenen Haustiere zu verschleppen. Nachdem sie aber die Schutzkleidung auf dem Seuchengehöft gelassen hatten, bestand keine Gefahr für Hund und Katze. Mit Feuereifer stürzten sie sich im Veterinäramt auf die Fachliteratur, um über „ihre“ Seuche nachzulesen.

20. Oktober

Am folgenden Samstag las Geitberg bei einem langen Frühstück aufmerksam die Zeitung. Auf der letzten Seite stolperte er über die Todesanzeige von Apollonia Reiter. Es war eine unverbindliche Anzeige, von den Eltern geschaltet, ohne weitere Aussagen. Die Beerdigung wurde für den nächsten Dienstag angekündigt. Er rief sofort bei Mario Masser an, erreichte ihn aber nicht.

Es war einer dieser Herbsttage, an denen die Sonne nicht mehr viel Kraft hat, ihr silbernes Licht jedoch die ganze Luft erfüllt. Einige wenige Wolken zogen über den hellblauen Himmel. Es wehte ein leichter kühler Wind. Blätter tanzten. „Herr: es ist Zeit. Der Sommer war sehr groß ...", dieses Herbstgedicht von Rilke hätte Geitberg gerne jemandem erzählt, wenn nur jemand da gewesen wäre.

Für einen normalen Beamten ist Samstagnachmittag eine Ruhezeit. So glaubte auch Geitberg. Er räumte den Garten auf, das Herbstwetter und seine Verpflichtungen hatten ihm bisher kaum Zeit gelassen, den Garten auf den Winter vorzubereiten. Es hatte sich viel angesammelt, und er arbeitete angestrengt, um das Versäumte aufzuholen.

Der Schweiß sammelte sich auf seiner Stirn, immer wieder musste er sich aufrichten, um seinen schmerzenden Rücken zu entlasten. Er schnitt niedere Sträucher zurück und zog die abgeschnittenen Zweige auf einem Platz zusammen, wo er sie häckseln wollte. Es hatte sich schon ein sehenswerter Haufen gebildet.

Immer öfter musste er Pause machen. Er stellte fest, dass seine Kondition zu wünschen übrig ließ. Regelmäßig, auch jetzt, nahm er sich vor, häufiger Sport zu treiben. Die Flasche Wasser, die er sich bereitgestellt hatte, war längst leer.

„Eigentlich wäre es an der Zeit, eine größere Pause einzulegen, und sich einen Schluck zu genehmigen", stöhnte er. Während er noch mit sich kämpfte ging die Haustüre auf und seine Tochter kam mit einem Gegenstand in den Garten. Für ihn war klar, dass sie ihm eine Stärkung brachte. Das Wasser lief ihm im Mund zusammen und er setzte sich erwartungsvoll auf einen Holzklotz. Das vermeintliche Getränk entpuppte sich jedoch beim näheren Hinsehen als das Telefon.

„Ein Gespräch für dich!"

„Wer ist es?"

Das Mädchen deckte das Mikrofon mit der Hand ab und schmunzelte.

„Deine besondere Freundin, Frau Lord."

„Danke, das auch noch!"

Sie wusste um die mehr als gespannte Beziehung zwischen Tierschützerin und Amtstierarzt: In einem nur wenige Monate zurückliegenden Streit um eine Schweinehaltung hatte die Frau den Beamten angezeigt und ihm eine Dienstaufsichtsbeschwerde verpasst. Die war zwar inzwischen als unbegründet zurückgewiesen worden, aber die Beziehung zwischen den beiden war dadurch nicht besser geworden.

Er murmelte einen Fluch und überlegte sich, ob er sich nicht verleugnen lassen solle. Schließlich hatte er keinen Dienst und ein Recht auf seine Privatsphäre. Äußerst widerstrebend nahm er den Apparat in die Hand und meldete sich mit seiner unfreundlichsten Stimme.

„Geitberg, privat, mit wem habe ich das Vergnügen?"

„Schönen Nachmittag, Herr Doktor, hier spricht Frau Lord, ich bitte tausendmal um Entschuldigung, dass ich Sie in Ihrer Freizeit störe, aber ich habe einen dringenden Tierschutzfall, den ich Ihnen umgehend melden muss.

Ich habe schon mehrfach versucht, Ihren Dienst habenden Kollegen zu erreichen, aber er scheint in einem Funkloch zu sein. Darf ich Sie kurz belästigen?"

„Ehrlich gesagt, Frau Lord, passt mir das überhaupt nicht. Aber da ich Sie nun schon an der Strippe habe, erzählen Sie bitte!"

„Also, das ist fürchterlich, was ich da gesehen habe, ich war gerade mit dem Auto unterwegs, zwischen Oberbuch und Unterbuch, als eine Schafherde über die Straße getrieben wurde. Und da kamen so viele lahme Schafe mit, da müssen Sie unbedingt nachschauen! Ich habe sofort die Polizei gerufen, die hält die Herde fest und lässt sie erst weiter, wenn ein Veterinär sie gesehen hat. Aber sie finden keinen Amtstierarzt."

Geitberg stöhnte: „Da muss ich mich wohl darum kümmern. Welcher Polizeiposten ist denn zuständig?"

„Heute ist Samstag, da wird das von der Zentrale in Wengen geregelt, würden Sie bitte dort anrufen?"

„Das habe ich auch schon gemerkt, dass heute Samstag ist. Vielen Dank für den Hinweis, ich kümmere mich darum. Ich wünsche Ihnen einen schönen Samstagnachmittag" fauchte er die Frau in äußerst unhöflichem Ton an und beendete das Gespräch.

Die Nummer des Polizeireviers in Wengen wusste er auswendig, er tippte sie in den Apparat und hörte das Freizeichen. „Polizeirevier Wengen, Polizeiobermeister Meyer, was kann ich für Sie tun?"

„Veterinäramt, Dr. Geitberg. Ich habe von einer Frau Lord einen Anruf bekommen wegen einer Tierschutzsache. Sie behauptet, eine Schafherde würde von der Polizei fest gehalten. Wissen Sie darüber Bescheid?"

„Oh, das ist gut, dass sie anrufen, wir wussten schon nicht mehr weiter. Eine Streifenbesatzung passt an der Straße zwischen Oberbuch und Unterbuch auf die Schafherde auf. Wir haben bereits versucht, mit dem Wochenenddienst ihres Amtes Kontakt aufzunehmen, konnten aber niemanden erreichen. Wären Sie bereit, uns zu helfen?"

„Ja, ich werde mich darum kümmern. Wo genau finde ich die Herde?"

„Ziemlich genau in der Mitte zwischen Oberbuch und Unterbuch, wenn sie von Oberbuch kommen auf der linken Seite. Die Herde ist von der Straße aus zu sehen. Sind sie ortskundig?"

„Ja, ich war schon mal da, um was handelt es sich eigentlich genau?"

„Die Beschwerde läuft wegen Lahmen der Tiere, genaueres weiß ich auch nicht, das erfahren Sie vor Ort. Ich werde der Streife mitteilen, dass ein Sachverständiger unterwegs ist. Ich bin Ihnen sehr dankbar, dass Sie sich der Sache annehmen. Ich wünsche noch einen schönen Nachmittag."

Damit war das Gespräch abgeschlossen. Er versuchte den Dienst habenden Kollegen zu erreichen. Erfolglos! Am Montag erfuhr er, dass der Kollege über die Mittagspause sein Handy ausgeschaltet hatte und danach vergaß, es wieder einzuschalten.

Verärgert räumte er seine Gartengeräte auf, zog auf der Terrasse seine schmutzigen Schuhe aus und ging in die Küche. Er holte sich aus dem Kühlschrank kalten Saft, trank ihn aus und verräumte das Glas.

Seiner Frau erklärte er, warum er noch einmal weg müsse, und dass er gleich wieder da sei. Sie ärgerte sich ebenfalls, schimpfte auf den nicht erreichbaren Kollegen und die Tierschützerin. Sie hatte sich jedoch in den vielen Jahren daran gewöhnt, dass ihr Mann zu den unmöglichsten Zeiten fort musste und regte sich nicht übermäßig auf.

So blieb Geitberg nichts anderes übrig, als wieder die Schuhe anzuziehen, den alten Diesel aus der Garage zu holen und zu der Schafherde zu fahren.

Nach etwa einer halben Stunde war Geitberg vor Ort und fand die Herde grasend einige hundert Meter neben der Straße. Ein Streifenwagen und ein alter VW-Bus standen neben einem Feldweg auf der Wiese. Die Herde wurde von zwei schwarzen Schäferhunden umkreist und am Weiterziehen gehindert. Auch ein Esel lief mit der Herde mit.

Zwei Uniformierte und offensichtlich der Schäfer lehnten an der Kühlerhaube des Streifenwagens und blickten dem Tierarzt entgegen. Er stellte seinen Wagen daneben, sammelte seine Schreibunterlagen, stieg aus und trat auf die Männer zu. Nach der üblichen Vorstellung und Begrüßung - den Schäfer, Herrn Blauberg, kannte er - wollte er wissen, warum die Herde festgehalten würde.

„Die Tierschützerin, Frau Lord, hat gegen den Hirten Anzeige erstattet, weil er mit lahmenden Schafen unterwegs sei. Wir können das nicht beurteilen, dafür brauchen wir einen Tierarzt. Vielen Dank, dass Sie sich am Samstagnachmittag die Zeit genommen haben." beantwortete der Ältere der beiden Polizisten die Frage.

„Na, dann wollen wir mal, haben sie sich schon überlegt, wie wir das am besten machen?" wurde der Hirte mit einbezogen.

Er schlug vor, die Herde über eine kleine Brücke zu treiben, die in der Nähe über einen Bach führte. Dabei könne man die Tiere hintereinander beobachten. Geitberg war damit einverstanden. Den Polizisten teilte er mit, dass sie eigentlich nicht mehr gebraucht würden. Sie wollten aber dabei bleiben.

So gingen also alle zusammen zu der kleinen Brücke. Der Hirte rief seine Hunde und die klugen Tiere trieben die Herde an ihnen vorbei. Es war immer wieder ein besonderer Anblick, wenn sich Hunderte von Tieren wie ein lebender Bach über die Brücke ergossen. Rücken an Rücken zogen sie vorbei, ein lautes Blöken erfüllte die Herbstluft.

Geitberg wurde bewusst, dass es eigentlich eine schöne Tätigkeit war, die er gerade ausübte. Am liebsten hätte er den Männern sein Herbstgedicht vorgesagt, er musste aber damit rechnen, dabei auf Unverständnis zu stoßen.

Einer der Polizisten spielte Sekretär und führte eine Liste der auffälligen Tiere. Diese bildeten, wie in Wanderherden üblich, den Schluss. Es waren tatsächlich einige dabei, die sich äußerst mühselig und mit Schmerzen bewegten. Der Tierbesitzer hatte einen Markierungsstift bekommen, er fing mit seinem Hirtenstab die Tiere heraus und markierte sie rot. Die Aktion lief sehr flott und nach kaum einer Viertelstunde stand die Herde wieder auf einer anderen Wiese, die Unruhe und das Blöken nahmen schnell ab.

„So, lassen Sie sehen, wie hoch ist denn der Anteil?" überflog Geitberg die Aufzeichnungen des Polizisten. Er stellte die Striche zusammen und berechnete den prozentualen Anteil an lahmenden Tieren.

„Das sieht doch gar nicht so schlecht aus, elf Fußkranke bei einer Herde von ungefähr vierhundert - stimmt doch, meine Rechnung?“ wandte er sich an Blauberg, der bestätigend nickte.

„Mit dem Prozentsatz können wir leben.“

Er erklärte den Polizisten, dass in jeder Herde eine gewisse Anzahl von fußkranken Tieren auftritt, deren Anteil hier im zulässigen Rahmen lag. Allerdings hinkten einige so schwer, dass sie nicht mehr weiter mitziehen konnten.

Die Anzeige der Frau Lord sei zwar berechtigt gewesen, derartige Befunde jedoch normal und unvermeidlich. Die Einleitung eines Verfahrens sei deshalb nicht erforderlich.

Es müsse aber nun geklärt werden, was mit den Tieren geschehe, die nicht mehr weiter konnten. Der Hirte beteuerte, er habe sie sowieso heute Abend mit in den Heimatstall nehmen wollen. Er habe in seinem VW-Bus Platz, man könne sehen, dass er regelmäßig Schafe mitnehmen würde.

Sie gingen wieder zurück zu ihren Fahrzeugen. Ein Blick in das Wageninnere bestätigte, dass im hinteren Bereich häufig Schafe transportiert wurden. Es würde zwar für elf Schafe nicht reichen, er müsse halt zweimal fahren.

„Wo wollen Sie denn die Nacht über Pferchen?“

„Gleich dort hinter dem Wald“, antwortete der Hirte, „dort habe ich mich auch mit meinem Bruder verabredet, der übernimmt dann die Herde. Er sollte schon dort sein.“

„Dann hätte ich eine Bitte an die Herren“, wandte sich Geitberg an die Polizisten, „wären Sie so freundlich und würden Sie den Bruder hierher holen. Dann kann er die Herde gleich hier übernehmen und Sie, Herr Blauberg, könnten die lahmen Tiere gleich an Ort und Stelle verladen. Damit könnten wir ihnen das Weiterhumpeln ersparen.“

Damit waren alle einverstanden. Die Polizisten, die nun schon seit über zwei Stunde gestanden waren, genossen es, sich wieder hinsetzen zu können, der Schäfer freute sich offensichtlich, dass ihm nichts passierte.

„Ich schreibe Ihnen über die Angelegenheit einen kurzen Bericht, sie bekommen ihn aber erst im Lauf der nächsten Woche."

Man verabschiedete sich und der Polizeiwagen verschwand auf dem Feldweg in Richtung Wald. Bald darauf erschien ein Geländewagen. Der Bruder war da. Geitberg hatte nun nichts mehr zu tun und fuhr nach Hause.

Er wollte nun endlich sein Wochenende genießen. Für die Gartenarbeit hatte er keine Lust mehr, so fuhr er langsam, hörte im Auto klassische Musik und genoss die Landschaft. Seine guten Vorsätze konnten liegen bleiben.

Mit einem lauten Knall verwandelte sich seine Windschutzscheibe in ein weißes Spinnennetz und er erschrak füchterlich. Die Sicht nach vorne war behindert. Er behielt jedoch die Nerven und bremste scharf aber kontrolliert ab. Als das Fahrzeug stand, schaltete er die Warnblinkanlage ein und stieg vorsichtig aus. Nun holte er das Warndreieck aus dem Kofferraum und sicherte die Unfallstelle ab.

Tief atmend überlegte er, was eigentlich passiert war. Vermutlich hatte ihm ein Stein die Windschutzscheibe zertrümmert. Er fing schon an sich zu beruhigen, als ihm auffiel, dass er nicht wusste, woher der Stein gekommen war. Ein vorausfahrendes Fahrzeug hatte es nicht gegeben – entgegen gekommen war ihm auch keines! Eine Brücke oder etwas Ähnliches, von dem etwas hätte herunterfallen können, gab es nicht. Die ganze Strecke war offen und gut übersehbar. Auf einige hundert Meter in Umkreis gab es nur offenes Gelände, Wiesen und Äcker, erst in einiger Entfernung war rundum Wald. Also musste etwas von oben auf das Auto heruntergefallen sein, von einem Flugzeug oder so. Er suchte auf der Windschutzscheibe die Einschlagstelle, sie war nicht zu übersehen.

„Das darf doch nicht sein", regte er sich auf, „das ist eindeutig ein Schussloch."

Zweifellos hatte irgendjemand auf ihn geschossen. Er fluchte aus Leibeskräften, es war ja niemand in der Nähe, der ihn hätte hören können.

„Ob er noch einmal schießt?“

Mit einem Satz verschwand er im Straßengraben. Dort fing er an nachzudenken: wenn der andere ein zweites Mal schießen hätte wollen, hätte er mehr als genügend Zeit gehabt. Geitberg war sicher mehr als fünf Minuten neben seinem Auto gestanden, frei wie eine Schießfigur, das hätte gereicht.

Wenn der Schütze mit einem Gewehr mit Zielfernrohr auf ihn gezielt hatte, hätte er spielend ein zweites Mal schießen können. Also war er vermutlich nach dem ersten Schuss abgehauen. Trotzdem kroch Geitberg auf allen vieren zu seinem Wagen, öffnete die Beifahrertür und holte das Handy heraus.

Mit einer eleganten Rolle schwang er sich wieder in den Straßengraben zurück, wo er auf dem Rücken liegend die Polizei anrief. So blieb er auch, bis der Streifenwagen kam. Es waren die gleichen Polizisten, mit denen er die Schafherde besichtigt hatte. Erst jetzt stand er auf und klopfte sich Gras und Blätter von den Kleidern.

Sein Verdacht wurde bestätigt und sie befragten ihn ganz genau, wo er im Augenblick des Einschlages gefahren sei. Sie forderten ein Abschleppfahrzeug an und diskutierten, wer hinter der Sache stehen könnte.

Nach ungefähr eine halbe Stunde kam der Abschleppwagen. Geitbergs Wagen wurde möglichst genau an die Stelle geschleppt, wo ihn der Schuss getroffen hatte. Nach längerem Suchen fanden sie in der Nackenstütze, unmittelbar neben der Stelle, wo sein Kopf gewesen war, das Einschussloch.

„Da haben sie aber Glück gehabt, Herr Doktor, das war haarscharf.“

Der bekam ein flaues Gefühl im Magen.

„Da kann ich wohl ab heute immer an diesem Datum Geburtstag feiern. Ich rufe jetzt meine Frau und lasse mich abholen, den Wagen werden Sie wohl mitnehmen.“

Er telefonierte seiner Frau und bat sie, ihn abzuholen, sagte ihr aber nicht genau, was sich ereignet hatte.

Die Polizisten peilten vom Einschuss im Sitz durch das Loch in der Windschutzscheibe, um den ungefähren Standpunkt des Schützen festzustellen.

„Dahinten am Wald muss er wohl gestanden haben. Das suchen wir morgen mit einer Hundertschaft der Bereitschaftspolizei alles ab. Wir laden jetzt den Wagen auf und nehmen ihn mit in die Polizeidirektion, wir müssen noch das Projektil suchen. Ihre Frau wird sicher bald da sein, dann können Sie aus dem Wagen ausladen, was Sie noch brauchen."

In einem Protokoll wurde noch einmal der genaue Verlauf festgehalten und gefragt, wer als Täter in Frage kommen könnte. Er solle sich Gedanken machen und alle aufnotieren, die verdächtig seien. Ansonsten solle er seine Umgebung vorsichtig beobachten und nicht unnötig aus dem Hause gehen.

Nach einer Viertelstunde kam Frau Geitberg und nahm die Angelegenheit zunächst gelassen hin. Erst als man ihr mitteilte, dass man auf ihren Mann geschossen hatte, wurde sie bleich.

Der Dienstwagen wurde von einem Abschleppwagen huckepack genommen, die Utensilien des Veterinärs in das Familienauto umgeladen, dann trennte man sich. Am Montag würde man voneinander hören, ansonsten wünschte man sich ein schönes Wochenende.

Auf dem Heimweg diskutierte das Ehepaar den Vorfall. Hauptthema waren natürlich die Frage, wer den Veterinär so hasste, dass er ihn umbringen wolle.

„Ich habe zwar viele Feinde, aber ich kann mir von keinem vorstellen, dass er so weit gehen würde. Natürlich hat mir erst vor kurzem einer den Teufel an den Hals gewünscht, aber das sind nur dumme Sprüche. Also ich habe keine Erklärung."

Auch seine Frau stand vor einem Rätsel. Sie fuhren gedankenverloren nach Hause, aßen ebenso zu Abend und sprachen nicht mehr über das Thema.

22. Oktober

Geitberg hatte sich in seinem Bekanntenkreis umgehört, ob jemand wisse, was in dem Weiler Riesen denn los sei. Niemand wusste etwas Konkretes, nur dass die beiden Höfe verfeindet seien, und dass es dort nicht mit rechten Dingen zugehe. Erst als er den Hoftierarzt Dr. Wein anrief, erfuhr er etwas mehr: er musste ihn sowieso über die Tierseuche informieren und in diesem Zusammenhang fragte er nach dem Verhältnis der beiden Höfe.

„Was Genaueres weiß ich nicht", erzählte der Kollege, bei dem Geitberg öfters zum Kaffee blieb, am Telefon zu dieser Angelegenheit.

„Fest steht, dass Birkenhofers und Reiters miteinander spinnefeind sind, sie sprechen nicht miteinander und grüßen sich nicht. Vor vielen Jahren waren sie dicke Freunde. Ich kann mich erinnern, dass sie jeden Sonntag gemeinsam zur Kirche fuhren. Aber auf einen Schlag hat das aufgehört. Wenn sie wollen, kann ich mich ja einmal umhören, was dort passiert ist. Eines muss ich Ihnen aber sagen, Herr Kollege, seien sie bei Reiters äußerst vorsichtig. Irgendeine Bewegung, Bemerkung, die Ihnen völlig harmlos erscheint, kann dort eine Katastrophe auslösen."

„Ich glaube, Sie wissen mehr, als Sie sagen wollen, ich muss dort arbeiten, es wäre wichtig für mich, Bescheid zu wissen."

„Die Sache ist so absurd, dass ich mich lieber zurückhalten möchte. Ich schlage vor, Sie sprechen zuerst mit den Leuten persönlich, und erst dann, wenn Sie nichts herausgebracht haben, werde ich Ihnen mein Wissen mitteilen."

So fuhr Geitberg diesmal alleine - mit einem Leihwagen - zu dem Hof Birkenhofer.

Auch heute wurde er schon erwartet. Vermutlich sah man vom Hof aus herannahende Fahrzeuge schon von weitem.

Die Schönwetterperiode hatte nachgelassen, es war bewölkt, aber noch trocken.

„Sieht nach Regen aus", begrüßte er die Herren, „nun wollen wir mal."

Er zog sich um und führte seine Untersuchungen durch. Er bat einen der Bauern für ihn den Sekretär zu spielen. So schrieb der Sohn die Hautdicke in Millimeter auf, die Zahlen rief ihm der Tierarzt laut zu. Das Ergebnis war schlimm. Über die Hälfte der Herde reagierte positiv. Die Bauern hatten bereits selber nach den Tieren gesehen und ahnten, was auf sie zukam.

Geitberg erklärte den beiden, dass er nun nicht mehr viel zu sagen habe und zuerst telefonieren müsste. Die jetzt anstehenden Entscheidungen würden von anderen getroffen. Er meldete den Befund seinem Chef und schlug ihm vor, die ganze Herde zu keulen. Der stimmte sofort zu, wollte das weitere Vorgehen jedoch mit der ihm übergeordneten Behörde absprechen. Geitberg solle warten, bis er ihn zurückrufe.

Die Bauern hatten mitgekriegt, dass es etwas dauern würde, und luden den Veterinär zu einer Tasse Kaffee ein. Das Haus hatte ihn schon interessiert, seitdem er es das erste Mal gesehen hatte. Es hatte sicher einige hundert Jahre hinter sich. Ein Fachwerkhaus mit wunderschönen alten Balken. Selbst jetzt im Spätherbst war es noch mit Blumen geschmückt. Auch im Inneren war es liebevoll ausgestaltet.

Der Kaffee schmeckte ausgezeichnet, und Geitberg kam auf die schöne Lage am Flussufer zu sprechen. Er lobte das Haus und den Garten, die Landwirte tauten auf, und er fragte direkt nach dem Verhältnis zu den Nachbarn.

Der Vater antwortete: „Eigentlich sollten wir über diese Sache ja nicht sprechen. Aber sie sind ein vertrauenswürdiger Mann, und irgendwoher erfahren Sie es doch. Da ist es wahrscheinlich besser, Sie hören es direkt von mir.

Das ist eine traurige Sache. Früher haben wir uns gut verstanden. Man half sich, wo es ging, denn auf zwei so abgelegenen Höfen ist man aufeinander angewiesen. Aber es passierten einige dumme Sachen:

Reiters und wir waren mit getrennten Fahrzeugen auf eine Versteigerung gefahren, um Bullen zu kaufen: wir hatten keine besonderen Pläne, so hatten wir bald unseren «Herdenchef» erworben, bar bezahlt und brachten ihn wohlbehalten nach Hause. Die Reiters wollten einen ganz besonderen Bullen haben und ersteigerten ihn zu einem hohen Preis. Sie hätten auch bar bezahlen können, wollten aber modern sein und beglichen den Kaufpreis mit einem Scheck.

Auf dem Heimweg bekamen sie Durst, es war ein sehr heißer Tag, und in dem Wirtshaus wurde ihnen der Geldbeutel gestohlen. Deshalb fuhren sie zur Polizei um Anzeige zu erstatten. Dort dauerte es sehr lange, und sie merkten nicht, dass ihr Anhänger in der Zwischenzeit mit dem Bullen in der Sonne stand. Der Schatten, in dem sie das Fahrzeug abgestellt hatten, war weiter gewandert. Bis sie nach Hause kamen, hatte der Bulle einen Hitzeschock, und auch der Tierarzt konnte das Tier nicht mehr retten. Das war ein teurer Tag: der Scheck wurde abgebucht, der Geldbeutel mit einigen tausend Mark war weg, der Bulle tot und die Tierarztrechnung beträchtlich. Obwohl wir nichts dafür konnten, haben sie uns unseren Bullen übel genommen. So bekam unsere Freundschaft den ersten Knacks.

Dann kam die Zeit, als Telefone modern wurden. Wir beschlossen, ein Telefon gemeinsam zu benützen, der Anschluss wurde bei den Reiters gelegt. Der kürzeste Weg dorthin führte durch ihren Stall.

Das ging auch einige Jahre gut, wir zahlten gemeinsam die Rechnung. Und dann hatten sie ein Problem mit ihrer Milchleistung. Ihre Kühe gaben nicht mehr genügend Milch, während wir mehr und mehr abliefern konnten. Ich vermute, es lag damals an ihrem Bullen. Der hat vermutlich eine schlechte Milchleistung vererbt, denn seitdem sie künstlich besamen, geht es wieder aufwärts. Wir hatten schon früher auf künstliche Besamung umgestellt, und unsere Milchleistung war ausgezeichnet. Wie gesagt, das ist schon lange her. Sie ließen damals den Tierarzt kommen, der hat aber nichts gefunden. In ihrer Not holten sie dummerweise den Hexenmeister, ich glaube, das war schon damals der Ziefer. Und der hat ihnen weisgemacht, ihre Kühe seien verhext. Er wisse zwar nicht, wer den Schadzauber mache, aber er könne sagen, derjenige, der heute Nachmittag nach dem Drei-Uhr-Läuten als Erster durch den Stall ginge, der sei schuld. Und der würde die Milch der Reiters ins Handtuch melken. Wissen Sie, was das heißt?“

Geitberg schüttelte ungläubig den Kopf. Der Bauer fuhr fort:

„Das ist ein schlimmer Aberglaube: wer ins Handtuch melken kann, stellt einen Stuhl verkehrt herum auf den Tisch. Zwischen den nach oben ragenden Stuhlbeinen spannt er ein Handtuch aus. Wenn nun der brave Bauer milkt, bekommt er keine Milch, denn der Böse kann gleichzeitig diese Milch aus dem Handtuch in seinen Topf melken. Das funktioniert über eine beliebig lange Strecke.

Jedenfalls passierte es gerade mir, dass ich an diesem Freitagnachmittag um drei Uhr beim Nachbar durch den Stall ging, um zu telefonieren. Ich wollte noch ein Ersatzteil für meinen Traktor bestellen. Damit war's geschehen! Das war für den Nachbarn des Rätsels Lösung. Bei ihnen ging die Milchmenge zurück, bei uns nahm sie zu. Er bekam ja mit, wie viel der Milchwagen täglich bei uns abholte. Und sofort war böseste Feindschaft zwischen uns.

Und dann kam noch etwas dazu. Wer am ersten Sonntag der Fastenzeit kommt und Eier leihen will, gibt damit zu, eine Hexe zu sein. Und wer ein Ei herleiht, gibt sich in die Hand dieser Hexe. Wir kannten diesen Aberglauben nicht, und es passierte, was passieren musste.

Am Abend vorher hatte meine Frau für einen Kindergeburtstag einen Kuchen gebacken, und die Eier waren ihr ausgegangen. Besuch hatte sich angemeldet. Und so ging sie am ersten Sonntag der Fastenzeit zur Adelinde, so heißt die Frau Reiter, und wollte Eier ausleihen. Sie kam völlig verstört zurück, denn Adelinde hatte sie angesehen wie ein Gespenst, und sich total heftig geweigert, ihr Eier zu leihen.

Meine Frau wusste aber, dass Adelinde so viele Eier hatte, dass sie sie verkaufen konnte. Deshalb drängte sie die Nachbarin, ihr Eier zu geben. Die Antwort war so heftig, dass sie sich hinausgeworfen fühlte. Heulend kam sie nach Hause. Heute wissen wir, was damals passiert ist. Wir haben erst Jahre später um mehrere Ecken herum herausgebracht, was die Ursache für dieses Dilemma war.

Mehrfach haben wir versucht, mit den Reiters zu reden, aber der Karren steckt im Dreck. Nun wissen Sie es, auch wenn sie es wahrscheinlich nicht glauben wollen, bitte erzählen Sie es nicht weiter. Es gibt so viele Idioten im Lande, die glauben würden, wir sind tatsächlich Hexer."

Geitbergs Handy klingelte, es war die Genehmigung für die Keulung der Herde. Zusammen mit seinem Vorgesetzten plante er den genauen Ablauf der Aktion.

Vorher galt es noch, den Wert der Herde zu schätzen. Ein Telefonat mit dem Landwirtschaftsamt bewirkte, dass ein guter Bekannter, Herr Raucher, mit dem Geitberg schon mehrfach solche Aktionen durchgeführt hatte, umgehend sein Kommen zusagte.

Weiter waren auch zu klären: Verladung und Tötung, Transport, Probennahme und vieles mehr.

Es dauerte nicht lange, bis Herr Raucher erschien. Geitberg wollte ihn anweisen, Schutzkleidung zu tragen, wie Einmal-Overall und Einmalstiefel, aber der hatte alles bereits mitgebracht und war schon dabei, sich korrekt anzuziehen.

Die Schätzung der Tiere, die von Birkenhofer junior, Geitberg und Raucher durchgeführt wurde, verlief ohne Streit. Die zwei Beamten schätzten im Zweifelsfalle den Wert der Tiere so hoch, dass der Landwirt zufrieden sein konnte. Alles wurde in Listen eingetragen. Nach einer guten Stunde schlossen sie ihre Akten.

Sie glaubten jedoch nur, fertig zu sein.

Zum Glück fiel Raucher noch ein, dass sie für die Prämienabrechnung, die noch ausstand, auch die Gewichte der Tiere schätzen mussten.

So begann die Arbeit noch einmal von vorne, und bei jedem Tier musste erneut die Ohrmarke kontrolliert und das Gewicht eingetragen werden. Es ärgerte sie, dass sie diese Arbeit nicht gleich beim ersten Durchgang mit erledigt hatten. Geitberg und Raucher schoben sich zum Spaß gegenseitig die Schuld zu und machten sich Vorwürfe, der andere hätte besser aufpassen müssen. Endlich war auch diese Arbeit erledigt.

Als sie mit den Schreibarbeiten fertig waren, nahm Raucher den Veterinär zur Seite.

„Sind Sie eigentlich informiert, was hier zwischen den beiden Höfen läuft? Die führen Krieg miteinander, dass es raucht. Seien Sie vorsichtig!"

Geitberg fragte zurück, was Raucher denn wisse?

„Die Reiters haben völlig ungewöhnliche Melkzeiten. Sie stehen nachts um drei Uhr auf und sind um fünf Uhr mit dem Melken fertig. Nachmittags melken sie von zwei Uhr bis vier Uhr. Der Grund ist, sagten sie mir, sie wollten fertig sein, bevor ihre Nachbarn in den Stall gehen. Die genaue Ursache für diese Zeitverschiebung ist mir aber nicht bekannt."

Raucher erfuhr nun, dass die einen schon fertig sein wollten, bevor die anderen mit dem Melken anfangen, damit sie ihnen nicht die Milch auf geheimnisvolle Weise stehlen könnten. Er war entsetzt über diese Erklärung und wusste nicht, ob er lachen oder sich ärgern solle.

Kopfschüttelnd stieg er in seinen Wagen und fuhr weg.

Es war schon nach Mittag, als Geitberg hinter Raucher den Hof verließ. Zuerst hatten sie überlegt, ob sie noch gemeinsam Mittagessen sollten, aber bei beiden wartete so viel Arbeit, dass sie zu ihren Dienststellen zurückfuhren.

Nach einer kurzen Pause, in der er nur eine mitgebrachte Vesper an seinem Schreibtisch verzehrte, versuchte Geitberg seinen Polizeifreund Mario Masser zu erreichen. Die Neugierde plagte ihn so sehr, dass er nicht warten wollte. Leider war Masser nicht da. Das normale Geschäft musste auch erledigt werden, so kam Geitberg nicht mehr dazu, über die Leiche oder den Aberglauben nachzudenken.

Zwischendurch erreichte ihn der Anruf der Polizeidirektion. Er könne nun seinen Wagen abholen lassen und zur Werkstatt bringen, damit er eine neue Windschutzscheibe verpasst bekomme.

Geitberg war hocherfreut, wieder motorisiert zu sein und organisierte den Transport zur Werkstatt. Der Kfz-Mechaniker sagte zu, umgehend eine neue Scheibe einzubauen. Man würde ihn anrufen, wenn das Auto fertig sei.

Seine Fragen an den Polizist, ob man schon genaueres über den Täter wisse, wurden nicht beantwortet. Man habe bereits neue Erkenntnisse, die man aber noch nicht bekannt geben wolle. Es war eine höfliche Abfuhr, die Geitberg ärgerte. Deshalb rief er umgehend bei Masser an.

„Ich muss unbedingt wissen, wer da auf mich geschossen hat!"

Masser wollte zuerst keine Informationen herausrücken. Unter dem Siegel der Verschwiegenheit erzählte er aber: „Das Geschoss haben wir schnell gefunden. Es ist ein Jagdgeschoss, Kaliber 7-65, Teilmantel. Wenn es dich getroffen hätte, hätte es dir den Kopf abgerissen. Es wird zurzeit überprüft, wer von Deinem Bekanntenkreis so eine Waffe hat. Das ist aber ausgesprochenen schwierig, weil es sich um eine weit verbreitete Standard-Waffe handelt."

„Zum Beispiel steht auch in meinem Waffenschrank so ein Gewehr, das ist aber sicher hinter Schloss und Riegel abgeschlossen", konterte Geitberg.

„Nein, über das Gewehr finden wir den Täter nicht so schnell, der muss in Deiner Nähe sein und einen Anlass haben. Sag den Kollegen sofort Bescheid, wenn dir etwas auffällt. Aber nun muss ich weiter, nimm mir das bitte nicht übel, ich habe noch zu tun."

Geitberg war nach wie vor besorgt, es schlug ihm auf den Magen, dass ihn jemand töten wollte.

Noch an diesem Abend bekam er seinen Diesel wieder.

23. Oktober

Das Wetter war umgeschlagen, es regnete leicht, die Temperaturen befanden sich in der Nähe des Gefrierpunktes. Dazu ging ein frischer Wind, es war einfach scheußlich.

Geitberg mochte solche Aktionen, wie sie ihm nun bevorstanden, nicht. Er sah nicht nur seine Arbeit, sondern auch die Menschen. Er wusste von Fällen, in denen sich der Bauer, nach dem seine Tiere weggebracht worden waren, im Stall aufgehängt hatte.

Für den Bauern auf so einem kleinen Familienbetrieb ist eine Kuh ein Familienmitglied. Er hatte schon oft Bäuerinnen weinen sehen, wenn eine Kuh abtransportiert wurde. Umso mehr war es für die Menschen schwer, wenn alle Tiere abgeholt und getötet wurden. So fuhr er missmutig nach Riesen, das Wetter passte zu seiner Laune.

Als er zu dem Hof kam, stand der Viehtransporter bereit. Er parkte seinen Wagen so abseits, dass er nicht im Wege stand und das Riesengefährt gut manövriert werden konnte. Zuerst wurde der Motorwagen geladen. Birkenhofer Vater und Sohn führten die einzelnen Tiere in den Wagen, sie konnten mit ihnen umgehen und erledigten die Arbeit voller Ruhe.

Der Viehhändler Helmer, mit dem schon manche derartige Aktionen durchgeführt worden waren, nahm die Tiere entgegen und band sie im Transporter an. Tier für Tier verließ den Stall. Geitberg hatte sich in die Türe gestellt, so dass ihn der Regen nicht traf, und strich auf seiner Liste jedes Tier ab, das verladen wurde. Nun zeigten ihm die Bauern ein Kalb, das in der Nacht geboren worden war. – „Das gehört Ihnen, damit haben wir nichts mehr zu tun."

Geitberg und Helmer überlegten, ob sie das Tier gleich hier mit Bolzenschuss töten sollten, oder es besser lebend mitnehmen. Der Veterinär hatte nicht damit gerechnet, dass er ein Tier an Ort und Stelle töten musste. Darum hatte er keine Medikamente mitgenommen und konnte das Tier nicht einschläfern. Die Bauern weigerten sich, das Kalb auf ihrem Hof töten zu lassen, sie hatten zu viel Mitleid. Helmer nahm den Tierarzt auf die Seite und machte ihm klar, dass er das den Bauern nicht antun könne.

„Die sind fertig. Wenn Sie das Kalb hier umbringen, laufen die Ihnen davon."

Geitberg dankte ihm: „Ich bin froh, dass sie mich darauf aufmerksam machen, ich wäre da nicht feinfühlig genug vorgegangen."

Sie schütteten im vorderen Teil des Wagens ein Strohlager auf und trugen das Kalb hinein. Die Mutter wurde daneben angebunden, beide Tiere blieben ruhig.

Geitberg erinnerte sich, als er vor einigen Jahren mit den jungen Männern des Veterinärzuges eine Seuchentötung im Schweinestall durchführte, war es für seine Leute besonders belastend, die Tiere zu töten, die gerade in der Geburt standen oder geboren worden waren. Er überlegte sich, ob er einmal einen Psychotherapeuten fragen sollte, was da ablaufe. Der Veterinärzug ist eine Einheit des Katastrophenschutzes, bei der sich junge Leute verpflichten, an Stelle des Wehrdienstes für einige Jahre für das Veterinäramt zu arbeiten. Auch heute warteten an der Stelle, an der die Tiere getötet werden sollten, drei Männer von dieser Abteilung auf ihn.

Als der Zugwagen voll war, wurde der Anhänger herbei rangiert. Auch er wurde Tier für Tier gefüllt, bis der Stall leer war. Die Liste war komplett, die Tierpässe wurden mitgenommen. Die Beladeaktion hatte nur wenige Stunden gedauert und war in völliger Ruhe abgelaufen.

Erst jetzt fiel ihm auf, dass die alte Bäuerin bisher noch nie erschienen war. Er fragte den Vater, wo denn seine Frau sei, und ob es für sie sehr belastend sei? Er antwortete, die Oma habe psychische Probleme und würde nicht mehr aufstehen. Nur noch die Tochter sei in der Lage, mit ihr zu sprechen. Er habe große Sorge, wie sie diese Situation überstehen dürfte. Geitberg wusste, dass für solche Notfälle Psychologen zur Verfügung stünden, und bot an, Hilfe zu holen. Dies wurde aber abgelehnt, die Oma würde auch sonst niemand zu sich lassen. Die Laune Geitbergs war dadurch noch schlechter geworden. Bei der Verabschiedung lachte der Sohn Birkenhofer mit Galgenhumor:

„Einen Vorteil hat die Angelegenheit. Bei meiner Hochzeit am Samstag brauche ich mich nicht um den Stall zu kümmern, alle können auf dem Fest bleiben."

Der Vater nickte traurig, „Ich wäre lieber in den Stall gegangen."

„Es tut mir leid, aber ich versichere Ihnen, diese Aktion war notwendig und sinnvoll. Die Tiere waren krank und wären über kurz oder lang qualvoll verendet.

Das ist ein anderer Fall als die Tötungen wegen der BSE. Damals war die Öffentlichkeit völlig hysterisch, die Tiere wurden umsonst getötet. Das ist zwar für Sie ein schwacher Trost, aber glauben Sie mir, wir hatten keine Wahl."

„Wir sehen das ja ein. Aber Sie können sich nicht vorstellen, wie schwierig es sein wird, eine neue Herde aufzubauen. Denken Sie daran, wie lange es alleine dauert, bis jedes Tier seinen Platz im Stall kennen wird. Oder bis die Tiere daran gewohnt sind, auf die Weide zu gehen und am Abend wieder in den Stall zurückzufinden."

Hier mischte sich Helmer ein: „Ich wüsste Ihnen eine komplette Herde, die würde genau in ihren Stall passen. Da müssen wir einmal darüber reden. Jetzt feiern Sie erst einmal Hochzeit, gibt es eigentlich eine Hochzeitsreise?"

„Bis jetzt haben wir noch nichts geplant, aber etwas wird uns schon einfallen. Wir müssen erst einmal den Samstag überstehen, wir rechnen mit zweihundert Gästen, da ist einiges los."

Geitberg war es zwar nicht recht, dass der Viehhändler in dieser Situation Geschäfte machen wollte, er sagte aber nichts. Dann besprach er noch mit den Bauern, was nun an Arbeiten auf sie zukommen würde.

Der komplette Stall musste gereinigt und desinfiziert werden. Auch die Gülle und der Mist sollten mit besonderen Methoden desinfiziert werden. Auf die Landwirte kam eine Menge Arbeit zu.

Sie wollten sie schnellstmöglich in Angriff nehmen, um bald wieder Tiere aufstallen zu können.

Der Transporter setzte sich vorsichtig in Bewegung und rollte vom Hof. Der Wagen des Veterinärs folgte unmittelbar dahinter.

Nach einer Stunde erreichten sie die Anlage der Tierkörperbeseitigung. Das Gelände lag in einem kleinen Wald, war von außen nicht zu sehen und mit einem Zaun abgeschirmt. Ein großes Tor schloss die Zufahrt ab, sie mussten sich erst anmelden, bevor sie weiterfahren konnten.

Der zuständige Kollege erwartete sie bereits mit seinem Team. Man begrüßte sich, die meisten Gesichter waren bekannt. Das Tor einer riesigen Halle öffnete sich und der Tiertransporter fuhr vorsichtig hinein. Er rangierte auf Anweisungen mehrerer Männer an den vorgesehenen Platz. Die Türen wurden wieder geschlossen, in dem Raum herrschte Halbdunkel. Man verzichtete bewusst auf grelles Licht, um die Tiere nicht zu beunruhigen, wenn sie aus dem Wagen geführt wurden.

Hinter dem LKW war der Platz für die Tötungen vorgesehen. Noch etwas weiter befand sich ein riesiges Loch im Boden. Dort sollten die Kadaver gesammelt werden, von hier führte ein riesiges Schneckengewinde in den Kochkessel. Die toten Tiere wurden von der Schnecke zu Brei zermahlen, danach unter Druck verkocht. Nach der Trocknung entstanden Tierkörpermehle und Tierfette, die in der Industrie guten Absatz fanden.

Die traurige Arbeit fing an: Männer des Veterinärzuges führten das erste Tier aus dem Wagen. Es lief ruhig über die Rampe des Lastwagens auf den Hallenboden, blieb stehen und sah sich neugierig um. In diesem Moment trat ein weiterer Mitarbeiter hinzu, setzte den Bolzenschussapparat an der Stirn der Kuh an, ein scharfer Knall ertönte, und das Tier stürzte wie vom Blitz getroffen nieder. Es war zuverlässig betäubt.

Sofort trat ein weiterer Helfer, der sonst als Metzger arbeitete, heran und schnitt mit einem scharfen Messer den Kopf ab. Der Schädel wurde zur Seite getragen, wo an einem gut beleuchteten Labortisch weiß gekleidete Helfer eine Gehirnprobe entnahmen und für die Untersuchungen herrichteten. Routinemäßig müssen Rinder ab einem bestimmten Alter auf BSE untersucht werden.

Der kopflose Tierkörper wurde mit einem kleinen Bagger in das Sammelloch geschoben, der Kopf flog nach Abschluss der Probennahme hinterher. Ein Tier nach dem anderen folgte. Die Männer arbeiteten bewusst ruhig, um die Rinder nicht aufzuregen.

Geitberg fing an zu sinnieren: vor einigen Jahren musste seine Dienststelle eine große Tötungsaktion für Rinder aus der Schweiz organisieren. Die Presse war auch da, die Bilder von dem Spektakel erschienen im Fernsehen und in den Zeitungen.

Einige Tage später bekam das Veterinäramt ein Schreiben von zwei Frauen, Mutter und Tochter, die sich völlig hysterisch darüber aufregten, dass die Tiere nebeneinander angebunden und dann getötet wurden.

Sie beschimpften die Veterinäre, nannten das KZ-Methoden und bezeichneten die Tierärzte als Nazi-Ärzte wie Dr. Mengele. Dieser Vorwurf ärgerte Geitberg heute noch.

Es ist einer der wesentlichen Unterschiede zwischen Mensch und Tier, dass Tiere nicht vom Sterben wissen. Sie verstehen nicht, was da abläuft.

Geitberg hatte schon oft Kühe eingeschläfert, die danebenstehenden Tiere blieben völlig ruhig und schauten nur neugierig zu. Die beiden Tierschützerinnen hatten von der Sache keine Ahnung, nahmen sich aber das Recht, andere aufs übelste zu beschimpften.

Er schaute sich um und versuchte sich an die Stelle eines Laien zu versetzen:

Aus der Sicht des Tierschutzes war die Angelegenheit in Ordnung, trotzdem bot der Raum ein Bild, wie man es sich scheußlicher kaum vorstellen kann.

Die Männer wateten bis über die Knöchel im Blut, die Tiere zuckten nach dem Absetzen des Kopfes mit den Beinen. Hier laufen Rückenmarksreflexe ab, der Rumpf ist natürlich ohne jegliches Empfinden, kann nichts mehr fühlen, wenn man aber um diese Dinge nicht weiß, sieht es beängstigend aus.

Und nun bot sich dem Veterinär eine Szene, die ihm sein Leben lang unvergesslich bleiben dürfte. Ein kopfloses Tier lag auf dem Kadaverhaufen und als seine Reflexe es sich bewegen ließen, machte es Laufbewegungen. Das sah aus, als ob der kopflose Torso aus der Grube klettern wollte. Immer und immer wieder versuchte er es.

Ein unheimlicher Anblick. Geitberg lief es kalt über den Rükken. Während er an der Grube stand und zusah, wie die riesige Schnecke eine Kuh nach der anderen zu Brei zermahlte, wurde ihm plötzlich schwindlig, er meinte, er müsse in die Grube fallen, nirgends gab es einen Halt.

„Holla, halt, dageblieben!", packte ihn der Metzger am Mantel, trat neben ihn, hielt ihn fest und meinte: „Wenn man da hinein fällt, bleibt nichts von einem übrig, das ist besser als im Krematorium. Also passen Sie auf, wir brauchen Sie noch!"

Geitberg ging ein paar Schritte zurück, er hatte sich wieder gefangen und ließ seine Gedanken spazieren gehen: „Eigentlich wäre das doch die ideale Gelegenheit, eine Leiche verschwinden zu lassen."

„Das ist gar nicht so einfach, sehen Sie, dort oben ist eine Kamera, die zeichnet auf, was ins Loch und in die Schnecke kommt."

Und mit einem Lächeln setzte er dazu:

„Es wird aber gemunkelt, dass im Tiermehl ab und zu eine Goldplombe auftaucht. Wenn man es glaubt!"

Neu war diese Theorie für den Veterinär nicht. Er erinnerte sich, dass er mit seinen Kommilitonen zu Studienzeiten einmal eine Tierkörperbeseitigungsanstalt besucht hatte. Damals, vor dreißig Jahren, amüsierten sie sich über das gleiche Thema. Auch ihr Professor, der sie begleitete, gab ihnen damals den Hinweis mit der Zahnfüllung.

Der Torso lag inzwischen bewegungslos da. Geitberg konnte nicht mehr sicher sagen, welcher es gewesen war.

Auch das neugeborene Kalb musste getötet werden, es fiel den Männern sichtlich schwer, es herauszutragen und den Bolzenschussapparat anzusetzen.

Alle waren froh, als diese Arbeit zu Ende war. Der Viehhändler fuhr nach Hause, um seinen Wagen zu reinigen und zu desinfizieren. Die Halle wurde sauber gemacht, die Männer reinigten ihre Schürzen und Stiefel, unterhielten sich noch einige Zeit über den Sinn der Angelegenheit und gingen ebenfalls nach Hause.

Geitberg sammelte die Proben für das Labor ein und fuhr sie in das Untersuchungsamt, es lag am Weg ins Büro. Auf der Fahrt gingen ihm die Höfe in Riesen durch den Kopf, er wäre zu gerne auf den Hof der Reiters gegangen, fand aber keinen Anlass. Er überlegte hin und her, sah aber keine Möglichkeit, wie er sich dort einmal umsehen konnte.

Im Büro warf er noch einmal seinen PC an: er wollte einer Idee nachgehen. Alle Rinder werden mit einer Ohrmarke gekennzeichnet, alle Tiertransporte, Schlachtungen, Todesfälle werden im Computer verzeichnet. Dieses Programm öffnete er und überprüfte, ob und wann Tiere vom Betrieb Riedvogel seit Anfang November entfernt wurden. Und tatsächlich waren zwei junge Kühe als Todesfälle eingetragen. Sehr zufrieden schloss er seinen PC, als das Telefon klingelte.

Am Apparat war der Polizist, der den Anschlag auf Geitberg bearbeitete.

„Ich habe gute Nachrichten für Sie, Herr Doktor. Der Schuss auf Sie war kein Anschlag, sondern ein Unfall. Wir haben den Jagdpächter des Reviers, aus dem die Kugel kam, erst jetzt erreichen können. Er war am Wochenende auf der Jagd, beim Kontrollschießen seiner Waffe löste sich ein Schuss, der über weite Entfernung Ihren Wagen traf. Die Mündung der Waffe zeigte dabei leicht nach oben, da trägt ein Schuss kilometerweit.

Für uns war schon aus der Flugbahn des Geschosses erkenntlich gewesen, dass das Projektil nicht aus der Nähe abgefeuert worden war. Die Sache ist eindeutig, wir können nachweisen, dass die Kugel aus diesem Gewehr stand. Sie bekommen das Ganze noch schriftlich, damit können Sie auch ihre Schadensersatzforderungen über seine Versicherung abwickeln. Von uns aus ist die Sache erledigt, haben sie noch Fragen?"

Ihm fiel ein Stein vom Herzen. Als erstes rief er seine Frau an und teilte ihr die Entwarnung mit. Auch sie war sehr erleichtert. Danach informierte er seinen Chef und seine Kollegen über den Sachstand. Mit einigen flapsigen Bemerkungen ging man zur Tagesordnung über.

Seiner Familie erzählte er von den Vorgängen dieses Tages, er brauchte jemanden, dem er sich mitteilen konnte. Mario Masser war schon einige Tage nicht mehr zu sprechen gewesen.

24. Oktober

Am nächsten Morgen hatte sich das Wetter wieder etwas beruhigt, es regnete wenigstens nicht mehr. Geitberg saß an seinem Schreibtisch und konnte sich nicht konzentrieren. Zu sehr gingen ihm die Ereignisse der letzten Tage durch den Kopf. Er sortierte die eingehende Post und stutzte:

Das passte ja hervorragend! In einem Schreiben vom nächsten Schlachthof wurde ihm mitgeteilt, dass bei einem Schlachttier, Tierbesitzer Alois Reiter in Riesen, Hemmstoffe in der Niere nachgewiesen worden waren. So etwas kam gelegentlich vor. Die Angelegenheit wurde meistens schriftlich verfolgt. Geitberg war begeistert. Das war die Gelegenheit, auf die er gehofft hatte. Nun konnte er unauffällig den Hof besuchen.

Außerdem bot es sich an, bei den benachbarten Birkenhofers nachzusehen, wie weit sie mit den Reinigungs- und Desinfektionsmaßnahmen seien. Er sagte noch im Sekretariat über das Ziel seiner Reise Bescheid.

Als Erstes steuerte er den Hof der Familie Reiter an. Um diese Jahreszeit traf man die Landwirte eher im Haus an, die Außenarbeiten waren weitgehend erledigt. Im Sommer war es für ihn häufiger ein Problem, die Bauern zu finden: Die Landwirte waren dann irgendwo auf dem Acker oder in der Wiese und nicht zu erreichen.

Das Anwesen war ordentlich aufgeräumt, der Platz zwischen Wohnhaus und Stall sauber gekiest. Unschlüssig, wo er den Bauern antreffen würde, stellte er seinen Wagen in der Mitte ab. Bevor er aussteigen konnte, kam ihm aus dem Stall ein älterer Mann entgegen. Er hatte ein Gesicht, wie grob aus Holz geschnitzt, die Augen lagen tief in den Höhlen. Der Mann fixierte Geitberg mit einem ausgesprochen stechenden Blick. Der grüßte betont höflich, stellte sich vor, und fragte, ob er ungelegen komme. Herr Reiter stellte sich ebenso vor, und fragte in unfreundlichem Ton, was der Veterinär wolle.

„Nichts Schlimmes, keine Sorge, nur eine Formsache. Sie haben vor ein paar Wochen eine Kuh zum Schlachten gegeben, da wurden in der Niere Hemmstoffe nachgewiesen. Der Sache muss ich routinemäßig nachgehen. Am liebsten würde ich mit Ihnen ins Haus gehen, da kann ich meine Unterlagen auspacken."

„Kommen Sie mit!"

Und der Bauer ging gebückt vor ihm her ins Haus, ohne sich noch einmal umzusehen. An der Türe zog er seine Stallstiefel aus und schlurfte in selbst gestrickten Socken weiter.

Geitberg putzte seine Schuhe sorgfältig ab und folgte ihm.

Treppenhaus und Stube waren makellos sauber, aber ohne jeglichen Schmuck eingerichtet. Auch in der Stube standen nur ein Tisch mit einigen Stühlen, ohne Polster, und ein großer Schrank aus Eichenholz.

Die Wände waren kahl, nur an der Stirnseite des Zimmers hing ein riesengroßer Rosenkranz an der Wand. Er maß sicher mehr als einen Meter im Durchmesser, die Perlen waren Holzkugeln von Faustgröße. Vor dem Rosenkranz stand ein Betstuhl, das Kniebrett war nicht gepolstert.

Der Hausherr schob einen Stuhl zurück und wies den Gast mit einer Handbewegung an, Platz zu nehmen. Er selbst blieb stehen und verschränkte die Arme vor der Brust.

Geitberg blieb zuerst auch stehen:

„Ich habe gehört, dass Ihnen großes Leid widerfahren ist, ich möchte Ihnen mein aufrichtiges Beileid aussprechen."

Der Mann schaute ihn zutiefst bedrückt an und zitierte:

„Der Herr hat's gegeben, der Herr hat's genommen, gesegnet sei der Name des Herrn!

Doch alle Abtrünnigen und Sünder werden zerschmettert. Wer den Herrn verlässt, wird vernichtet." – „Jesaja", fügte er erklärend hinzu, als Geitberg ihn verblüfft anstarrte. Dann schwieg der Bauer.

Geitberg setzte sich, holte seine Papiere heraus und erklärte, dass er im Stallbuch nachsehen müsse, wann diese Kuh behandelt worden war.

Ohne langes Suchen fand Herr Reiter das Buch, legte es vor dem Tierarzt auf den Tisch und schlug es auf. Die Eintragungen waren korrekt, die Wartezeit zwischen Injektion und Schlachtung war eingehalten worden. Diese Sache war in Ordnung und es gab eigentlich nichts mehr zu sagen.

Geitberg fing noch einmal an:

„Der Verlust eines Kindes ist wohl das schlimmste, was einem Vater passieren kann. Ihre Tochter war, wie man hört, allgemein beliebt und sah sehr gut aus."

„Du machst das Land unrein mit deiner Hurerei, Jeremia. Sie war nicht mehr unsere Tochter, sie war vom Glauben abgefallen."

„Das muss für Sie als Vater sehr schlimm gewesen sein? Wollen Sie nicht erzählen? Ich habe selbst eine Tochter, ich glaube, ich kann Sie verstehen."

Geitberg konnte mit Menschen umgehen, sie vertrauten ihm.

Zuerst fing Reiter langsam und zögernd an, später sprudelte es aus dem alten, bekümmerten Mann nur so heraus:

„Solange sie klein war, hat sie uns viel Freude bereitet. Alle haben sie gemocht, sie war mein Augenlicht. Bis sie reif wurde. Sie hat es mit den Männern gehabt, die ließ sie nach ihrer Pfeife tanzen, wie es ihr gefiel. Wie Rüden hinter einer läufigen Hündin waren sie hinter ihr her.

Am schlimmsten war der Ziefer, der alte Bock. Seitdem meine Frau ihn in den Stall geholt hatte, meinte er, die Apo gehöre ihm. Dabei hat sie ihm nie Hoffnungen gemacht, sie meinte vielmehr, sie müsse sich um den Hans kümmern. Den Hans werden sie nicht kennen, das ist ein lieber, aber heruntergekommener Junggeselle in Vorbuch, Riedvogel heißt er. Da war sie ein paar Mal und meinte, sie könne ihn auf den rechten Weg bringen.

Und dann waren da noch ein paar andere, die waren aber nicht von Bedeutung. Und so seit einem halben Jahr war sie völlig verändert. Sie ist in die Hände einer Sekte gefallen und wollte weg von hier, für immer. Meine Frau und ich sind schier verzweifelt, aber dass es so enden musste ..."

Er drehte sich um und schaute zum Fenster hinaus. Geitberg trat hinter ihn und legte ihm die Hand auf die Schulter.

„Sie tun mir so leid, ich weiß nicht, was ich sagen soll. Behüte Sie Gott!"

Reiter drehte sich blitzschnell um, seine Augen leuchteten, eine Hand hatte er halb erhoben, Geitberg hatte Angst, er wolle ihn schlagen.

„Gott oder der Teufel, was tut das schon zur Sache? Gehen Sie jetzt, bitte, sofort!" funkelte er ihn an.

Der Tierarzt ging still hinaus, draußen begegnete er der Bäuerin. Sie sah völlig verhärmt aus und schaute ihn nur flüchtig an. Er grüßte sie mit einem Kopfnicken und hatte es eilig, weiterzukommen, ihm war nicht mehr wohl.

Beim Einsteigen ließ er noch einmal seinen Blick über den Hof schweifen und wunderte sich nicht, als er am Stall hoch oben am First ein Messer im Balken stecken sah. Die Schneide nach oben, versteht sich.

Auf dem Hof der Birkenhofers ging es wieder normal zu. Der Jungbauer und seine Frau waren auf Hochzeitsreise, der Vater hatte den Stall blitzblank geputzt und wartete auf die Lieferung des Desinfektionsmittels. Geitberg unterhielt sich kurz mit ihm, erklärte, wann und woher die Mittel kommen sollten, wie sie angewendet würden, und wie abgerechnet werde. Anschließend fuhr er weiter zu seiner Dienststelle.

Um deines Namens willen,
Herr verzeihe mir;
denn meine Schuld ist groß."
Ps 25,11

Das Gespenst

5. November

Mario Masser war einige Wochen krank gewesen. Geitberg hatte mehrfach versucht, ihn zu erreichen, es war ihm aber nicht gelungen. Kaum hatte er seinen Schreibtisch erreicht, klingelte das Telefon.

„Hallo Walter, guten Morgen, ich bin wieder im Dienst."

„Das ist ja gut, Mario, dass du dich wieder meldest, ich dachte schon, dich gibt's nicht mehr. Wo bist du denn geblieben?"

„Du wirst es nicht glauben, was mir passiert ist: Du weißt doch, dass ich zurzeit meine Wohnung restauriere. Beim Treppenhausbau musste ich Glasziegel mit der Flex zurechtschneiden.

Ich habe das noch nie gemacht und wusste nicht, wie heiß es wird. Auf einmal fing es zu qualmen an, mir wurde entsetzlich heiß an den Beinen, und ich merkte entsetzt, dass meine Hosenbeine in Flammen stehen.

Ich war allein auf der Baustelle, raste ins Bad und löschte den Brand mit der Dusche. Dann riss ich mir die Kleider vom Leib und kühlte die Verbrennungen mit kaltem Wasser. Im Badezimmer war keine Türe und als ich splitternackt dastand, kam gerade meine Frau mit einigen Freundinnen, um ihnen den Neubau zu zeigen. Sie standen plötzlich vor mir, ich war völlig schutzlos.

Tolle Situation, die haben sich halbtot gelacht. Meine Verbrennungen waren Gott sei Dank nicht sehr schlimm, ich konnte am nächsten Tag wieder weiterarbeiten.

Es geht aber noch weiter:

Ich musste im Treppenhaus noch Schutt wegfahren. Dafür hatte ich aus Brettern eine Rampe gebaut, die auf einen Container führte. Bloß hatte ich mich irgendwie verschätzt, das oberste Brett ragte wie ein Sprungbrett in den Container. Leider versäumte ich, es hinten zu befestigen.

Als ich mit dem vollen Schubkarren an das freie Ende kam, kippte das Brett und ich flog mit dem Schubkarren in den Container. Zusätzlich drehte sich das Brett und schlug auf meinen Kopf. Dabei habe ich mir ein Schienbein und die Hand angebrochen. Auf dem Kopf hatte ich eine Platzwunde, die mit acht Stichen genäht werden musste. Aber jetzt geht es schon wieder, ich kann schon wieder arbeiten, wenn auch nur eingeschränkt."

Geitberg konnte sich das Lachen nicht verbeißen, er musste nachfragen: „Das ist doch nicht möglich, ist das tatsächlich so passiert? Das ist ja wie im Komikfilm. Wenigstens hat es keinen wichtigen Körperteil erwischt."

„Sei nicht so gemein, jeder lacht mich aus. Du könntest wenigstens ein bisschen Mitleid mit mir haben, ich bin jetzt auf meiner Baustelle total in Verzug."

„Du warst solange weg, dass ich keine Neuigkeiten mehr bekommen habe. Erzähle mir, was du von meinem Leichenfund weißt."

„Du weißt, darüber herrscht Nachrichtensperre, ich darf dir eigentlich nichts erzählen. – Aber ich kenne dich ja, du wirst nicht locker lassen. Also: die Leiche war nur noch der Körper mit einem Bein. Kopf, Arme, und das andere Bein waren weg. Nach der Genanalyse handelte es sich zweifelsfrei um Apollonia Reiter, das weißt du ja sicher schon aus der Zeitung. Die Todesursache ist unklar, vermutlich wäre über den Kopf ein Nachweis möglich. Aber den haben wir nicht. Wir haben schon ganz Vorbuch umgegraben, die fehlenden Leichenteile sind nicht zu finden. Die Tatwaffe lag direkt auf der Leiche. Ein Tranchiermesser zum Bratenschneiden, eine Supermarktkette hat es vor ein paar Jahren zu Tausenden verkauft.

Aber keinerlei Fingerabdrücke oder sonstige Hinweise auf den Täter, er muss Handschuhe getragen haben. Die Art und Weise, wie die Teile abgeschnitten wurden, exakt im Gelenk, weist daraufhin, dass der Täter mit einem Messer umgehen kann. Es könnte sich also um einen Metzger oder einen Jäger, der Tiere zerlegen kann, handeln ..."

Geitberg unterbrach ihn. „Hier in der Gegend hat fast jeder schon einmal bei einer Schlachtung geholfen. Fast jeder kann hier mit dem Messer umgehen, zumindest jeder, der auf einem Bauernhof aufgewachsen ist."

„Da hast du natürlich recht", und er betonte es ganz besonders, „es könnte sich auch um einen Tierarzt handeln, wir haben einige Verdächtige, aber bei keinem reicht es für eine Verhaftung. Frag mich bitte nicht, wer in Verdacht kommt, ich darf es dir wirklich nicht sagen. Ende der Durchsage!

Eins noch, damit die Sache noch unklarer wird: der Pass von Apollonia ist verschwunden, wir wissen nicht, wie wir das bewerten sollen."

„Aber vielleicht kann ich dir einige Verdächtige bieten, bist du interessiert?"

„Natürlich, aber das sollten wir nicht am Telefon machen. Hast du heute schon etwas vor?"

Geitberg blätterte in seinem Notizbuch.

„Um 14 Uhr habe ich den nächsten Termin, bis dahin habe ich Zeit."

Eilig kam der Chef in Geitbergs Büro und winkte wichtig mit einem Zettel: „Hör endlich auf zu telefonieren, ich brauche dich!"

Geitberg sagte Masser Bescheid, dass er auflegen müsse, und wandte sich seinem Vorgesetzten zu.

„Was ist denn so dringend?"

Es war in den letzten Tagen - untypisch für diese Jahreszeit - sehr warm geworden. Am Abend zuvor hatte sich ein heftiges Gewitter entladen, als eine Kaltfront heranzog.

Nun erzählte der Chef: „Da musst du sofort hin, die Polizei hat soeben angerufen, dass der Blitz sieben Kühe erschlagen hat. Das ist ungewöhnlich um diese Jahreszeit. Die wollen die Tiere möglichst bald wegschaffen. Die Versicherung will von uns ein amtliches Zeugnis, dass hier Blitzschlag vorliegt. Die Polizei wartet auf dich am Ortseingang von Reitmoos. Dann kannst du auch gleich beim Korbi vorbeifahren, der braucht ein Zeugnis für Frankreich. Das ist eine Sache zum Lachen, das ist etwas für dich."

Geitberg rief sofort bei Masser an, ob er ihn umgehend abholen könne, er hätte etwas Interessantes, was er ihm zeigen wolle. Der war einverstanden und kaum zehn Minuten später stand er vor der Türe. Er humpelte noch und hatte den Unterarm in einer Schiene, war aber sonst schon wieder fit, zumindest lachte er fröhlich.

Während sie zum Parkplatz gingen, auf dem der Dienstwagen abgestellt worden war, fiel ihm auf, dass auch Geitberg hinkte.

„Was hast du denn angestellt, bist du auch in einen Container gefallen?"

„Nein, das ist harmlos. Eine Art Dienstunfall. Mich hat ein Bulle verprügelt."

„Erzähle, du hast das sicher verdient."

Und Geitberg berichtete: „In einem Milchbetrieb wurde bei den Rindern Salmonellose festgestellt. Das ist eine ansteckende Rinderkrankheit, die von Staats wegen bekämpft wird. Sie kann auch auf Menschen übertragen werden. Man nimmt von allen Rindern ein paar Mal Kotproben, um Ausscheider festzustellen.

Beim zweiten Durchgang hat der Bulle wie ein Pferd nach hinten ausgeschlagen - womit ich nicht gerechnet hatte - und mich hier am Oberschenkel getroffen. Ich dachte zuerst, der Fuß sei ab, es gab aber nur einen großen blauen Fleck.

Offensichtlich hat der Kerl was geahnt, denn das einzige Tier, das ich ausmerzen musste, weil es ein Dauerausscheider war, war der Bulle. Inzwischen hängt er schon am Haken. Ich möchte betonen, dass es sich nicht um eine Racheakt meinerseits gehandelt hat.

Und noch etwas: Der Hof bietet Ferien auf dem Bauernhof an. Den Sommer über waren viele Gäste da. Die tranken natürlich mit Vorliebe die frische, warme Kuhmilch. Und einige von ihnen bekamen sehr bald eine «Sommergrippe», einige reisten deshalb sogar vorzeitig ab. Kannst Du dir vorstellen, was diese Grippe ausgelöst hat?"

„Wenn ich mich an meine Ausbildung richtig erinnere, dann sind die Symptome einer Salmonellose beim Menschen Erbrechen, Durchfall und Fieber. Könnte das passen?"

„Das passt! Du siehst, wie lange die Krankheit schon im Betrieb war."

Das Unwetter hatte sich verzogen, es war wieder trocken und freundlich. Die Sonne schien, hatte aber keine Kraft mehr, zu wärmen. Ein leichter Wind wehte herbstlich kühl. Der Weg nach Reitmoos war nicht weit und am Ortseingang wartete, wie vereinbart, ein Streifenwagen. Nach dem üblichen Händeschütteln zeigten die Beamten in Uniform auf den nahen Wald, der sich über einen Hügel hinzog.

„Da oben an der einsamen Eiche, der Wotanseiche, ist es passiert. Der Besitzer, Landwirt Meyer, wollte gestern seinen Kühen noch etwas Gutes tun und ließ die Tiere abends noch einmal auf die Weide. Es war ja ausgesprochen warm. Er selber war dann abends weg, und als er heute früh nach seinen Tieren schaute, sah er die Bescherung. Am besten fahren sie hinter uns her."

Ein unbefestigter Feldweg, der wegen des Gewitterregens schlammig war, führte direkt zu der Eiche. Die Wagen hatten Schwierigkeiten, in der Spur zu bleiben, und waren zum Schluss total verdreckt. Der Anblick, der sich ihnen bot, war ungewöhnlich. Sieben Kühe lagen im Kreis um die Eiche, Kopf an Schwanz, auf der Brust, die Hinterbeine ausgestreckt, wie sorgfältig hingelegt. Sie sahen aus, als wären sie eingeschlafen. Die Euter waren intensiv blau verfärbt. Ein unheimlicher Anblick!

„Das ist wieder etwas für die Abergläubischen. Wotanseiche, und dann diese eigenartige Lage! Gut, dass wir nicht abergläubisch sind." gab Masser seinen Kommentar ab und fotografierte die toten Tiere. Geitberg untersuchte die Kadaver, so weit dies ihm möglich war. Anzeichen für eine Erkrankung waren nicht zu erkennen. Im Tal sah man bereits den Lastwagen der Tierkörperbeseitigung ankommen. Über Handy konnte der Fahrer erreicht werden und man wies ihn ein, bis er bei der Eiche war.

Geitberg stellte einen Untersuchungsantrag aus, notierte die Ohrmarken der toten Tiere und gab ihn dem Fahrer mit.

„Da werden sich die Kollegen freuen, wenn sie sieben Kühe sezieren müssen. Aber ich kann von hier aus nicht mit Sicherheit sagen, woran sie gestorben sind."

Die Streifenpolizisten wurden nun nicht mehr benötigt, sie hätten eigentlich abfahren können, aber einer von ihnen wandte sich noch einmal an den Veterinär:

„Ich habe so etwas noch nie gesehen, das geht doch nicht mit rechten Dingen zu, das sieht doch so aus, als hätte jemand die Tiere so hingelegt. Ob da ein Fluch oder etwas Ähnliches eine Rolle spielt? Sieben ist doch eine heilige Zahl?"

Geitberg wusste wirklich nicht, ob der Beamte ihn auf dem Arm nehmen wollte oder es ernst meinte. Deshalb zuckte er nur mit den Achseln und wandte sich ab. Der Streifenwagen fuhr nun endgültig weg, Masser und Geitberg warteten, bis der Lastwagen die Tiere aufgeladen hatte.

„Meinte er das ernst?" ging die Frage an Masser.

„Keine Ahnung, es gibt so viele Menschen, die an Zauber glauben, da hast du keine Vorstellung. Denk doch einmal an die Hasenpfoten, die Glück bringen sollen. Und, sei doch mal ehrlich, das sah doch wirklich so aus, als hätte eine höhere Macht die Tiere dorthin gelegt. Die spielen doch nicht Ringelreihen um den Baum und warten, bis der Blitz sie erschlägt. Es gibt vielleicht eine wissenschaftliche Erklärung dafür, ich habe sie aber nicht. Du musst verstehen, dass ein einfaches Gemüt hier ins Zweifeln kommt.

Hier können wir nichts mehr tun, was hast du denn noch auf Lager?"

„Zuerst müssen wir noch zum Tierbesitzer und den Antrag für die Versicherung mit ihm absprechen. Aber das wird nicht lange dauern. Dann fahren wir zum nächsten: kennst du den Viehhändler Hans Korbinian in Reitmoos? Die Leute nennen ihn nur Korbi."

in der Zwischenzeit waren sie beim Besitzer der toten Kühe angekommen. Der jammerte ihnen vor:

„Wenn ich das gewusst hätte. Ich hätte die Kühe ja nie hinausgetrieben. Was für ein Schaden. Man könnte fast meinen, dass Wotan sich ein Opfer geholt hat. Gut, dass wir nicht abergläubisch sind.

Aber, man könnte schon meinen ..." und er schüttelte so heftig den Kopf, dass dem Zuschauer angst und bange wurde, er könne sich verletzen.

Geitberg gab keinen Kommentar ab.

Masser dagegen machte sich das Vergnügen und jagte dem Mann noch mehr Angst ein. Man könnte ja nicht sicher sein, ob nicht doch ein Fluch auf ihm laste, er solle doch einmal sein Gewissen erforschen.

Geitberg bremste ihn: „Jetzt hör aber auf! Dieser Unsinn ist nicht zu verantworten!" – Und zu dem Bauern gewandt: „Lassen Sie sich nicht auf den Arm nehmen, er meint es nicht so! Auf Wiedersehen!"

Geitberg war über Masser verärgert, er schimpfte ihn: „Wenn du weiter so viel Blödsinn machst, nehme ich dich nicht mehr mit. Also, noch einmal von vorne: kennst du den Hans Korbinian?"

Masser kannte ihn nicht.

Korbi wurde vorgestellt: er war ein Mann um die sechzig, Junggeselle, und lebte alleine auf einem Hof außerhalb des Dorfes. Seinen Lebensunterhalt verdiente er durch den Transport von Tieren. Er war allgemein beliebt, weil er die ihm anvertrauten Tiere besonders schonend fuhr. Er hatte eine gute Hand, mit den Kühen umzugehen, er sprach mit ihnen wie mit einem Menschen. Besonders amüsant war es, wenn er Kühe mit „meine Damen" titulierte.

Sie fuhren den Berg hinauf in das malerische Anwesen, das an einem Hang direkt am Waldrand lag.

„Vorsicht beim Aussteigen, hier hat es einige Überraschungen."

Masser suchte beim Aussteigen mit den Augen den Hof ab, er rechnete mit einem bissigen Hund.

„Nein, einen bissigen Hund gibt es hier nicht, dafür hat er einen «Kampfhasen». Hoffentlich ist der jetzt um diese Jahreszeit im Stall. Im Sommer lauert er unter der Hecke, und wenn ein Besucher kommt, springt er ihm an die Beine, klammert sich mit den Vorderpfoten am Knie fest und bearbeitete ihn mit den Hinterbeinen, bis die Hose zerfetzt ist. Das ist wirksamer als ein Hofhund. Du meinst, da spielt ein harmloses Häschen um dich herum, und dann verwandelt es sich in eine aggressive Bestie. Also sei vorsichtig.

Und noch ein ungewöhnliches Tier hat er:

Falls du auf die Idee kommen würdest, hierher einen Hund mitzubringen und den laufen zu lassen, dem ginge es hier oben schlecht. Hier gibt es eine Katze, die hat sich darauf spezialisiert, Hunde anzugreifen. Die lauert auch irgendwo in Deckung, bis ein Hund vorbeikommt, dann springt sie ihm auf dem Rücken und macht ihn mit den Krallen fertig.

Früher gingen die Leute hier mit ihren Hunden spazieren und es gab ständig Ärger.

Die Gemeindeverwaltung verlangte von Korbi, er solle seine Katze einsperren. Das tat er natürlich nicht. Kein Hund traut sich mehr in diese Gegend. Übrigens sei vorsichtig, wenn wir nachher zurückstoßen, es hat hier links ein großes Loch im Gras!"

Korbi hatte sie heranfahren gehört und kam aus dem Haus heraus, den Veterinär kannte er. Er erschien mit drei Flaschen Bier in der Hand, fand aber keine Abnehmer. Daraufhin öffnete er sich selbst eine Flasche - stilgerecht mit einem großen Klappmesser aus der Hosentasche und nahm einen kräftigen Schluck.

Nach dieser Zeremonie setzten sie sich auf die Bank vor dem Haus und genossen die Aussicht.

„Prost, meine Herren, was kann ich für Sie tun? Herr Doktor, haben Sie für mein Haus einen Käufer gefunden?"

„Nein, leider nicht, aber ich sehe mich weiter um."

Der Viehhändler wollte sein Anwesen verkaufen und hatte den Veterinär schon vor längerer Zeit gefragt, ob er einen Interessenten kennen würde.

„Aber sie sind sicher wegen der Franzosenkuh da. So eine dumme Sache, musste das gerade mir passieren!"

Er erzählte, was sich ereignet hatte: Wenn geringe Tierzahlen zu fahren war, wurde er gerufen. Oft war es für die großen Transporteure unwirtschaftlich, wegen einem oder zwei Tieren ihre Riesenfahrzeuge einzusetzen. In solchen Fällen wurde Korbinian beauftragt. Diesesmal sollte eine besonders schöne Kuh zu einer Ausstellung nach Paris gebracht werden. Korbinian übernahm das in gewohnter Weise.

Weil er seinen Auftrag so perfekt erledigt hatte, sollte er das Tier nach einer Woche auch wieder zurückholen. Er fuhr wieder nach Paris, lud die Kuh auf, und brachte sie in ihren Stall hier in der Gegend. Der Besitzer stellte entsetzt fest, dass Korbinian die falsche Kuh aufgeladen hatte. Jetzt musste die falsche Kuh wieder zurückgebracht werden, und dazu brauchte er ein Veterinärzeugnis.

Geitberg füllte mit Korbinian zusammen die Formulare aus, und erklärte, er würde sie bei dem Besitzer, in dessen Stall die falsche Pariser Kuh zur Zeit stand, hinterlegen. Er wolle die Kuh noch ansehen und die Ohrmarke persönlich noch einmal kontrollieren. „Nicht, dass sie noch einmal umsonst fahren müssen."

Sie lehnten seine nochmalige Aufforderung, doch ein Bier zu trinken, dankend ab, und stiegen wieder in den Wagen.

Masser stieß schwungvoll zurück,

Geitberg schrie:„Halt, Vorsicht!" Doch es war schon zu spät. Mit einem Hinterrad hing der Dienstwagen in einem tiefen Erdloch. Keine Chance, aus eigener Kraft dort herauszukommen. Korbinian war erschrocken herbei geeilt

„Hoffentlich ist nichts passiert. Fehlt Ihnen auch nichts?"

Masser schimpfte, man hätte ihn doch warnen müssen, so ein Loch müsse man kennzeichnen, aber es half nichts, der Wagen saß fest. Die Männer stiegen wieder aus und schauten nach, ob der Dienstwagen Schaden genommen hatte. Sie legten sich auf den Bauch und sahen unter den Wagen. Es sah so aus, als wäre nichts Ernsthaftes passiert.

Korbinian holte seinen Tiertransporter.

Masser staunte, als er das Fahrzeug betrachtete.

Der Wagen sah aus, als hätte er schon fünfzig Jahre auf dem Buckel. So ein Gefährt gab es in hundert Kilometer Umkreis sicher nur einmal. Immer wieder in eigener Arbeit zusammengeflickt, sah der Wagen aus wie ein Flickenteppich aus Stahl.

„Alle zwei Jahre werden Wetten abgeschlossen, ob dieses Fahrzeug noch einmal durch den TÜV kommt. Alle, die mit ihm zu tun haben, haben ihren Spaß an diesem Wagen." erklärte Geitberg.

„Wenn ihr zwei nicht aufhört, über mein Auto zu lästern, zieh' ich euch nicht heraus" beschwerte sich Korbi. Er rollte ein Stahlseil aus, rangierte vorsichtig rückwärts heran, hängte das Seil ein, und zog den Dienstwagen mit Masser am Steuer gefühlvoll aus dem Loch.

Sie untersuchten noch einmal den Wagen von allen Seiten, der Unfall schien aber wirklich ohne Folgen geblieben zu sein. „Auf jeden Fall muss ich einen Unfallbericht schreiben, ganz gleich, ob etwas passiert ist oder nicht." maulte Masser.

Die Herren bedankten sich und fuhren wieder den Berg hinunter. Der nächste Bauer war schnell gefunden, die französische Kuh ebenfalls und die Ohrmarken stimmten diesmal.

Damit war diese Aufgabe erledigt und die beiden leisteten sich eine Pause. Ihr nächstes Ziel war eine Bäckerei, in der man an einem Stehtisch Kaffee trinken konnte. Als die Butterbrezen und der dampfende Kaffee vor ihnen standen, drängelte Masser den Tierarzt: „Du wolltest mir doch noch etwas erzählen?"

Geitberg berichtete von seinem gestrigen Besuch auf dem Hof Reiter.

„Es war sehr beeindruckend: der Vater ist dem religiösen Wahn verfallen und bezeichnet seine Tochter als Hure. Was hat er denn bei Euch, bei der Polizei, ausgesagt?"

„Eigentlich gar nichts. Er habe keine Ahnung, und spricht praktisch nicht mit uns. Manchmal behauptet er, der Teufel habe seine Tochter geholt. Wenn wir Ihn nach den Beziehungen seiner Tochter fragen, stellt er sich unwissend."

„Also bei mir hat er ein bisschen mehr erzählt.

Das Mädchen muss jede Menge Verehrer gehabt haben, aber nichts Festes. Besonders genervt hat den Vater unser Hexenmeister, der Herr Ziefer. Der wäre für mich Verdächtiger Nummer eins."

„Der war doch viel älter als sie, der hätte doch ihr Vater sein können." – „Das ist natürlich richtig, aber so etwas kommt einfach vor."

„Warum sollte er sie umbringen?"

„Er muss fürchterlich eifersüchtig gewesen sein."

„Eifersüchtig auf wen?"

„Auf alle, die hinter der Apollonia her waren. Der Vater weiß selbst nicht, wer da alles in Frage kommt.

Da wäre zusätzlich noch die Sekte auf dem Waldhof, da wollte die Apo hin und nicht mehr zurückkommen. Dafür würde der verschollene Pass sprechen. Aber die bringen doch nicht ihr Opfer um, die wollen es ausnützen. Dieser Abfall vom rechten Glauben war natürlich besonders schlimm für den Vater.

Der Vater käme auch für mich ohne weiteres als Täter in Frage, er hat offensichtlich den religiösen Wahn und ist verrückt. Für ihn ist doch eine Welt zusammengebrochen, als seine Tochter mit Männern herumflirtete und dann noch zu dieser Sekte wollte.

Ich würde ihm die Tat zutrauen, vielleicht nicht geplant, aber in einem Wutanfall wäre er durchaus in der Lage. Der Vater wäre also Verdächtiger Nummer zwei. Andererseits kann ich mir nicht vorstellen, dass ein Vater seine Tochter zerstückelt."

„Das klingt nicht schlecht, ist aber nur eine Theorie. Können wir irgendetwas beweisen?"

„Ich will nichts beweisen, ich sortiere nur die möglichen Täter."

„Wen hast du denn noch auf Lager?"

„Erinnerst du dich noch an unseren Tierschutzfall Riedvogel. Du weißt, der in Vorbuch. Es ist nicht zu glauben, aber die Apollonia war auf diesem Hof und wollte dem Hans helfen.

Es kommt ja öfter mal vor, dass schöne Frauen sich eines heruntergekommenen Kerls annehmen. Sie hatte ihm wohl schöne Augen gemacht. Ich könnte mir vorstellen, wenn sie ihm erzählt, dass sie zu der Sekte geht, dann wird der auch wild. Das wäre dann Tatverdächtiger Nummer drei. Auf ihn würde auch noch passen, dass er Metzger ist, und wohin er die Gliedmaßen verschwinden lassen hat, kann ich dir auch erklären."

„Das interessiert mich", richtete Masser sich auf, „wir haben nichts gefunden und du hättest die Lösung."

„Der lässt die Leichenteile in der Tierkörperbeseitigungsanstalt, in der TKBA, verschwinden."

„Wie soll das funktionieren?

Hat mir nicht mal jemand erzählt, der Anlieferungsbereich wäre mit Video überwacht? Es fällt doch auf, wenn dort ein Fremder sich herumtreibt. Und jeder Fahrer schlägt Alarm, wenn auf seinem Lastwagen Menschenleichen oder Leichenteile liegen."

„Das ist natürlich richtig. So offensichtlich darfst du das nicht machen.

Aber niemand schaut in eine Kuh hinein, die dort angeliefert wird.

Ich konstruiere ein Vorgehen: Du hast eine Kuh im Stall, die hat gerade gekalbt. Diese Kuh tötest du mit einem Bolzenschussapparat, den hat heute jeder größere Hof herumliegen. In der Gebärmutter, aus der gerade ein Kalb herausgekommen ist, kannst du ungefähr fünfzig Kilogramm Leichenteile unterbringen - ein neugeborenes Kalb wiegt nämlich ungefähr so viel.

Dann nähst du die Scheide der Kuh zu, und ab damit in die TKBA. Da kommt niemand darauf, weil keiner gerne zu einem Kadaver geht, und weil Du von außen nichts siehst. Und dass im Zusammenhang mit einer Geburt eine Kuh notgetötet wird, das passiert häufig."

Masser war platt.

„Das könnte ja tatsächlich funktionieren, das wäre die perfekte Leichenbeseitigung. Und man könnte nie etwas nachweisen. Wie bist du denn da drauf gekommen?"

„Ich war vor kurzem in der TKBA, da hatte ich Zeit, über so etwas nachzudenken. Und dort kam mir die Idee wieder hoch. Wir hatten sie bereits als Studenten entwickelt. Und ich habe in der Ohrmarkendatei nachgeschaut, die Abgänge in seinem Betrieb würden passen. Das wären meine drei Verdächtigen."

„Wie bekommen wir heraus, wer der Täter ist?"

„Ich hätte da eine Idee, ich nehme es dir auch nicht übel, wenn du mich für verrückt erklärst."

„Ich bin von dir nichts anderes gewohnt. Also leg los."

Geitberg war zu aufgeregt, um diese kleine Unverschämtheit wahrzunehmen.

„Wenn es einer von unseren Tätern ist, was wir nicht sicher wissen, dann gibt es ein verbindendes Element: sie sind alle bis zum Verrücktwerden abergläubisch. Das ist ihre schwache Seite. Wenn wir sie da packen, könnten wir den Täter dazu bringen, sich zu verraten. Ich wüsste auch schon wie das gehen könnte."

Masser wand sich wie eine Spirale.

„Wenn das schief geht und herauskommt, dann sind wir blamiert bis an unser Lebensende. Das mache ich nicht mit.

Komm, wir könnten noch einen Lebensmittelbetrieb kontrollieren, dann hätten wir wenigstens noch etwas Vernünftiges angestellt."

„Wie du willst, du kannst mich ja später noch einmal fragen. Habt ihr eigentlich die Metzgermesser von Riedvogel überprüft, ob da Menschenblutspuren drauf sind?“

„Natürlich, das Ergebnis war aber negativ.“

Sie zahlten und gingen zum Wagen. Masser kramte in seinen Akten, die er vorsorglich mitgenommen hatte.

„Hier habe ich etwas, was garantiert nichts mit Hexerei zu tun hat. Da ist einer schon mehrfach erwischt worden, weil er Wasser in die Milch schüttet, den muss ich vernehmen, dort könnten wir vorbeifahren.“

Geitberg war einverstanden und sie überlegten gemeinsam, was die Ursache für das Wasser in der Milch sein könnte. Früher konnte es vielleicht vorkommen, dass ein Bauer seine Milchmenge auf diese Weise erhöhen wollte. Heute hätte so eine Missetat keinen Sinn mehr gehabt, da die Milch so häufig untersucht wurde, dass eine Wasserzugabe sofort aufgefallen wäre.

Eher kam es vor, dass durch Fehler bei der Reinigung oder durch undichte Leitungen Wasser in die Milch kam. Wenn also mehrfach so ein Befund erhoben wurde, ging es eher um Beratung als um Bestrafung.

Sie mussten einen Passanten fragen, bis sie den Hof fanden, zu dem sie wollten.

Der Bauer war zu Hause und zeigte ihnen seine Melkanlage. Das war ein einfacher Eimer mit Melkgeschirr, betrieben über eine Vakuumleitung. Gereinigt wurde der Eimer von Hand, nachgespült und zum Trocknen kopfüber aufgehängt. Für seine zehn Kühe brauchte er keine größere Anlage. Es gab keine Erklärung, wie Wasser in die Milch kommen konnte.

„Sie wissen ja selbst, dass in der von Ihnen gelieferten Milch Wasser nachgewiesen wurde. Haben Sie denn eine Erklärung, woher das kommt?“ fragte Geitberg den Mann.

„Von denen dort drüben“ und er zeigte auf einen Hof in ungefähr fünfzig Meter Entfernung, „die können schadzaubern, die hexen mir das Wasser in die Milch, um mir zu schaden. Das sind ganz schlechte Menschen und ich kann mich nicht gegen sie wehren. Früher haben Sie auch mein Vieh verhext, aber das kann ich inzwischen abwehren."

Er lachte listig.

„Ich lasse das Vieh nur noch nachts anliefern und abholen, das machen wir auf der anderen Seite des Hauses drüben, da können Sie es nicht sehen, und bei Nacht wirkt ihr Zaubern nicht."

Geitberg war kurz davor, den Verstand zu verlieren.

„Das kann doch nicht sein, glauben Sie denn wirklich an solche Dinge?"

Der Bauer war sich völlig sicher.

„Natürlich, das geht schon seit vielen Jahren so, aber ich weiß mir zu helfen. Wenn ich den Hexenmeister gut bezahle, habe ich wieder für einige Zeit Ruhe."

Anschliessend drehte er sich um, ging grußlos ins Haus, schloss die Türe hinter sich und ein Schlüssel drehte sich im Schloss.

Die beiden sahen sich entgeistert an und stiegen wortlos in den Wagen.

„Hält man das im Kopf noch aus?", beklagte sich Masser, „Wir sind hier im zivilisierten Deutschland des 21. Jahrhunderts. Der Mann sieht fern und hat ein Telefon.

Ich mag nicht mehr. Den zeige ich an, dass es raucht. Soll sich doch der Richter damit befassen. Ich bin gespannt, was bei der Verhandlung rauskommt. Hoffentlich kann ich dabei sein."

Am Nachmittag erledigte Geitberg seine normalen Arbeiten.

Kurz bevor er nach Hause gehen wollte, rief ihn Masser an, und fragte, ob er noch vorbeikommen dürfe. Er würde ihm dann erklären, um was es ginge.

Kurz darauf klopfte es an der Türe.

„Hereinspaziert! Mario, was gibt es denn so dringendes?"

„Mir geht das nicht aus dem Kopf, was du erzählt hast. Erkläre mir doch noch einmal, was du vorhast."

„Nach meiner Rechnung haben wir drei Verdächtige. Ziefer, den Vater und Riedvogel. Wie gesagt, die drei verbindet ein massiver Hexenglauben. Und nun habe ich mir folgendes zusammen gesponnen:

Wir lassen die ermordete Tochter wiederauferstehen. Sie soll als Gespenst im Moor herumgeistern und nach ihrer ewigen Ruhe jammern. Die glauben das, denn in jeder Gespenstergeschichte muss eine müde arme Seele erlöst werden. Ich habe mich umgehört, wie die Apollonia ausgesehen hat. Meine Tochter hat eine ähnliche Figur, das könnte passen und sie würde bei dem Versuch mitspielen. Ich habe sie gefragt. Sie war gleich einverstanden.

Mir schwebt da eine Stelle im Moor im Hinterkopf herum, die wäre vermutlich geeignet: Ungefähr einen halben Kilometer hinter Riesen, Richtung Heidenmoos, ist ein Wanderparkplatz. Von dort aus geht ein Pfad durch den Wald, der sich nach kurzem mit einem anderen kreuzt. Dort ist eine Lichtung im Wald und es hat dort auch ein tiefes Moor. Die Stelle ist einerseits schaurig-schön, andererseits von vier Seiten gut zu erreichen, und im Wald kann man sich gut verstecken. Ich besuche unter einem Vorwand die drei Verdächtigen und erzähle ihnen, dass der Geist von Apollonia an dieser Stelle spukt. Vor allem um Mitternacht bei Vollmond. Morgen Nacht wäre es so weit. Dann legen wir uns auf die Lauer, und wenn jemand kommt, erscheint meine Tochter als Geist. Wir müssen dann nur noch überlegen, was sie sagen soll, damit der Täter sich verrät."

Masser wollte ihn schon mehrfach unterbrechen.

„Du bist genauso verrückt wie die drei! Das ist völlig unsinnig. War nett, dass du dich bemüht hast, vielen Dank!"

Er schenkte dem Tierarzt ein gequältes Lächeln und ging sichtlich unzufrieden hinaus.

Geitberg kratzte sich am Kopf und beschloss, für heute aufzuhören. Zuhause diskutierte er das Vorhaben mit seiner Tochter, sie war Feuer und Flamme. Sonst erzählten sie niemandem etwas.

6. November

Der Veterinär brachte in der Regel seine Kinder morgens zur Schule und fuhr dann ins Amt. Um acht Uhr war er es gewohnt, am Schreibtisch zu sitzen. Fünf Minuten nach acht Uhr klingelte das Telefon.

„Guten Morgen! Dr. Geitberg, Veterinäramt, was kann ich für sie tun?“

Masser war am Apparat.

„Hallo Walter, guten Morgen. Ich habe deinen Vorschlag mit der Kripo diskutiert. Sie halten ihn für verrückt und sind strikt dagegen. Hinter vorgehaltener Hand meinten sie jedoch, wir sollten es probieren. Sie kommen im Moment nicht weiter und könnten mit solchen Methoden natürlich nicht arbeiten. Also dann fahr mal auf die Höfe und leg den Köder aus.“

Geitberg klappte aufgeregt seine Unterlagen zusammen und sagte im Sekretariat Bescheid, wohin er fahren würde, nannte aber nicht den wahren Grund seines Vorhabens. Während der Fahrt versuchte er mit seinem Handy Ziefer zu erreichen, wurde aber nur mit dem Anrufbeantworter verbunden.

Als Erstes fuhr er auf den Hof der Reiters in Riesen. Die Eheleute waren noch im Stall beschäftigt. Der Bauer wandte sich ihm mit mürrischer Miene zu, die Bäuerin nahm keine Notiz von ihm und tränkte weiter die Kälber.

„Entschuldigen Sie die Störung, Herr Reiter. Nur eine Kleinigkeit, die auch am Telefon hätte erledigt werden können.Ich war aber gerade am Weg.

Ich muss Sie noch etwas fragen: bei der Kuh, bei der Hemmstoff nachgewiesen wurde, habe ich vergessen zu notieren, von welchem Tierarzt das Präparat stammte. Können Sie mir das auswendig sagen oder müssen sie nachsehen?“

„Wir haben nur einen Tierarzt auf dem Hof, das ist der Dr. Wein – es sei denn, die da“, er zeigte mit dem Daumen auf seine Frau, die scheinbar nicht zuhörte, „holt den Ziefer. Das ist ein Ungeziefer, der Teufel soll ihn holen. Wollten Sie sonst noch etwas?“

„Nein, ich bin fertig. Ich wünsche Ihnen einen guten Tag!“

Er wandte sich ab. Reiter entspannte sich schon sichtlich, da sagte Geitberg halb im Gehen: „Es gibt doch noch etwas, was mich interessieren würde.

Haben Sie auch schon von der Sache im Moor gehört?“

Reiter spitzte die Ohren.

„Nein, ich weiß von nichts.“

„Da hinten Richtung Heidenmoos, links vom Wanderparkplatz, gleich im Wald, an der Kreuzung der Wanderwege, da sei es nicht geheuer. Dort ginge jemand um. Bei Vollmond um Mitternacht. Sie wissen nichts davon?“

Reiter verneinte, wirkte aber wie elektrisiert. Er war plötzlich ein ganz anderer geworden.

Geitberg fuhr fort: „Ich weiß natürlich nichts Genaueres, und eigentlich sollte ich gar nicht darüber reden. Ich hoffe, Sie nehmen es mir nicht übel, aber man sagt, es sei Ihre Tochter, die da keine Ruhe finde. Tut mir Leid, aber ich denke, Sie sollten das wissen.“

Der Bauer stand da wie vom Blitz gerührt. Er nahm Geitberg nicht mehr wahr. Selbst als der sich verabschiedete, rührte sich der Mann nicht. Er stand da wie zu einer Salzsäule erstarrt. Auch von der Frau bekam Geitberg keine Antwort auf seinen Gruß.

Geitberg verließ den Stall und fuhr vom Hof. Er hatte selten ein so schlechtes Gewissen gehabt wie jetzt.

In Vorbuch konnte er nicht auf den Hof von Hans Riedvogel fahren, das Anwesen war zugeparkt.

Feuerwehrfahrzeuge, ein Viehtransporter und jede Menge Pkw blockierten die Anfahrt. Er stellte seinen Wagen auf den Nachbarhof und schlängelte sich durch die Fahrzeuge.

Der Viehtransporteur war Geitberg bekannt, es war der Viehhändler Helmer. Der Feuerwehrhauptmann, Riedvogel und Helmer standen zusammen. Geitberg trat dazu, grüßte, und fragte nach dem Sachstand.

Offensichtlich als Spätfolge des Gewitters sei ein Teil des Stalles eingestürzt und habe zwei Kühe unter sich erschlagen. Personen seien nicht zu Schaden gekommen. Die Feuerwehr sicherte das Gebäude. Einige Männer waren damit beschäftigt, Tiere aus dem Stall zu holen und zu verladen.

Riedvogel erzählte, dass eine Baukommission da gewesen war, und den Stall gesperrt hatte. Heute sollte das Vieh abtransportiert werden, der Zusammenbruch des Daches hatte die Angelegenheit erschwert. Helmer wollte das Vieh zu sich nehmen und aufmästen, der Handel war bereits abgeschlossen.

Geitberg nahm Riedvogel zur Seite, und fragte nach den Tieren mit den eingewachsenen Ketten.

Diese seien noch am Folgetag geschlachtet worden, er hätte dabei mit dem Schlachtpersonal Ärger bekommen, die ihn wegen der Tiere angepöbelt hätten.

Der Veterinär machte ihm Vorwürfe, warum er sich nicht an das Transportverbot gehalten habe. Dies sei ein zusätzlicher Verstoß gegen das Tierschutzgesetz. Riedvogel behauptete, er habe das falsch verstanden.

Seine Ausflüchte halfen ihm nichts, es war ja ein amtlicher Zeuge anwesend gewesen, als Geitberg seine Anordnungen traf. Damit war dieses Thema vorerst beendet.

Während des Gesprächs schlenderten sie hinter das Haus und Geitberg fragte Riedvogel, ob der VW-Käfer verkäuflich sei. Riedvogel stimmte einem Verkauf zu.

Danach ging Geitberg auf die Geistererscheinung im Moor ein. Er erzählte im Wesentlichen das Gleiche wie bei den Reiters, und erzielte auch hier einen durchschlagenden Effekt.

Zurückgekehrt zur Gruppe sprachen sie über alltägliche Dinge. Helmer, der ein guter Beobachter war, begleitete Geitberg bis zu seinem Wagen, und machte ihm Vorwürfe, er solle Riedvogel nicht so unter Druck setzen.

„Der arme Kerl war ja totenblass, als Sie beide zurückkamen. Ist das nötig?“

Geitberg zuckte nur mit den Schultern und ließ den Viehhändler bei seiner Ansicht. Er glühte seinen alten Diesel vor, startete, winkte noch einmal und fuhr umgehend weg. Während der Fahrt erreichte er Ziefer mit dem Handy, und erklärte ihm, dass er kurz vorbeikommen müsse. Ziefer versprach zu Hause zu bleiben, bis der Veterinär bei ihm sei.

Dieser fuhr so schnell wie möglich zu dem Tierheiler und klingelte an der Türe.

Der riss sofort die Türe auf, als hätte er dahinter gewartet. Er bat den Besucher nicht ins Haus und fragte neugierig, was er wolle.

Die Ausrede für den Besuch war der Hemmstofftest bei Reiters.

Ziefer behauptete natürlich steif und fest, er habe mit dem Tier nichts zu tun, erstens würde er keine Antibiotika verwenden und zweitens sei er in der fraglichen Zeit nicht auf dem Hof gewesen.

„Dann ist ja alles in Ordnung, es tut mir Leid, wenn ich sie belästigt habe. Darf ich Sie noch etwas ganz anderes fragen?

Sie sind doch Fachmann in übersinnlichen Dingen.

Mir hat jemand erzählt, dass der Geist der Apollonia Reiter im Moor umginge. Halten Sie so etwas für möglich?“

„Die Leute sagen viel. Ich weiß natürlich nicht, ob da nicht doch etwas Wahres daran ist. Es gibt viele Dinge auf dieser Welt, die wir uns nicht erklären können.“

Ziefer stand da wie ein gespannter Gummizug und versuchte sich seine Spannung nicht anmerken zulassen.

„Wo im Moor soll das sein?“, fragte er.

„Da hinten, Richtung Heidenmoos, links von dem Wanderparkplatz. Gleich im Wald. Dort wo sich die Pfade kreuzen. An der Lichtung, bei Vollmond um Mitternacht.“

Jetzt wusste Geitberg, das Ziefer angebissen hatte und mit einigen nichts sagenden Worten verabschiedete er sich scheinheilig von ihm.

Ziefer stand noch an der Türe und schaute ihm nach, als er wegfuhr.

Es war Zeit zum Mittagessen und er genehmigte sich eine Kleinigkeit, hatte jedoch einen schalen Geschmack im Mund. Der Imbiss schmeckte ihm nicht und er fühlte sich nicht wohl.

Nachmittags traf er sich noch einmal mit Masser, um das Vorhaben zu besprechen. Es ging vor allem darum, wie man seine Tochter, sie war sechzehn Jahre alt, vor Angriffen schützen könne.

Die junge Dame bekam eine kugelsichere Weste, den perfekten Schutz hatte aber Geitberg auf Lager: „Auf ein Gespenst schießt man nicht, das erschlägt man oder bricht ihm das Genick. Wir haben was Besonderes: sie bekommt Pluto mit."

Masser stimmte sofort zu, er kannte den Hund und schätzte ihn sehr.

Vor längerer Zeit war in der Wohngegend der Geitbergs mehrfach eingebrochen worden. Die Familie beschloss daraufhin, einen Hund ins Haus zu holen. Es passte gut, dass der Vater einige Tage später in einem Kuhstall ein völlig verwahrlostes Etwas fand, das in einer Ecke an einem kurzen Strick angebunden war und winselte.

Der Bauer meinte stolz zum Tierarzt: „Der frisst alles, der hat seit Wochen nur noch Kartoffeln gekriegt. Mir ist er lästig, wenn sie jemanden wissen, der ihn brauchen könnte, ich gebe ihn umsonst her."

Und somit hatte der Hund einen neuen Besitzer.

Es war ein Glücksgriff. Aus dem schmutzigen Knäuel entwikkelte sich mit viel Mühe und Pflege ein prachtvoller blauschwarzer Schäferhundmischling, der sich in allen Bereichen bewährte.

Die Kinder tauften ihn auf den Namen Pluto, weil er anfänglich, er war wohl das Laufen nicht gewohnt, so tollpatschig daherkam wie der Hund von Micky Maus. Der Vater amüsierte sich über die Doppeldeutigkeit, wusste er doch, dass Pluto in der griechischen Mythologie der Fürst der Unterwelt war.

„Pluto, der Fürst der Unterwelt, begleitet ein Gespenst!" freute sich Geitberg königlich.

Auch er mochte das Tier. Gerne nahm er den Hund auf seinen Fahrten mit. Am liebsten nahm Pluto auf dem Beifahrersitz Platz und legte seinen Kopf auf den Oberschenkel des Fahrers. Oder, wenn der Hund hinten sitzen musste, legte er mit einem tiefen Seufzer der Zufriedenheit seinen Kopf auf die Schulter seines Herrn.

Sie planten noch die Details und gingen vorzeitig nach Hause.

Dort wäre die Aktion beinahe noch gescheitert, denn Frau Geitberg legte ein striktes Veto ein. Sie wollte es nicht zulassen, dass ihr Kind gefährdet würde. Zudem war am nächsten Tag Schule.

Erst als sie erfuhr, dass Pluto auf das Mädchen aufpassen würde, ließ sie sich überreden. Sie kümmerte sich sogleich um warme Kleidung und war sehr besorgt.

Gegen dreiundzwanzig Uhr bezogen der Hund, die junge Dame (mit Schutzweste), ihr Vater und Mario Masser Stellung. Ein Zivilfahrzeug der Polizei hatte sie am Parkplatz abgeliefert und war wieder abgefahren.

Die Nacht war hell und trocken, der Pfad durch den Wald war leicht zu finden. Die Temperaturen lagen knapp über Null Grad, es war Windstille. Der Vollmond stieg gerade auf, die Bäume warfen lange Schatten.

Die Lichtung war zirka hundert Mal hundert Meter groß. In der Mitte, an der Wegkreuzung, standen ein paar verkrüppelte Kiefern.

Dorthin begleiteten sie das Mädchen und den Hund. Eine Iso-Matte wurde ausgerollt, Hund und Mädchen legten sich darauf und wurden mit einem dünnen Vorhang, der Frau Geitberg entwendet worden war, zugedeckt.

Ein paar letzte Ermahnungen und Geitberg und Masser zogen sich zurück auf einen Hochsitz am Waldrand. Sie hüllten sich in warme Decken und überprüften die Sprechfunkverbindung mit dem Mädchen.

Alle hatten Ohrknöpfe zum Hören und hochempfindliche Mikrofone, so dass sie sich unterhalten konnten, ohne dass sie ein anderer hören konnte. Die Verständigung klappte tadellos.

Geitberg hatte sein Nachtglas mitgebracht, Masser probierte sein Nachtsichtgerät. Dann wurde es ruhig auf der Lichtung.

Im Mondlicht glänzte das Riedgras. An den Stellen, an denen das Moor offen lag, signalisierte die schwarze Brühe Gefahr.

Der Vater hatte seine Tochter dringend gewarnt, vom Weg weg zugehen. Er wusste, das Moor war an dieser Stelle grundlos.

Vor vielen Jahren, bei einem Spaziergang mit den damals noch kleinen Kindern, hatte er es überprüft: Er hatte mit einer langen Stange versucht, den Grund zu erreichen, es war ihm nicht gelungen.

Außerdem war Geitberg aus eigener Erfahrung gewarnt.

Noch als junger Jäger hatte er auf der Pirsch in einem ähnlichen Gebiet nicht auf den Weg geachtet. Plötzlich merkte er, dass er in einem Sumpfloch steckte und nicht mehr heraus kam. Jede Bewegung ließ ihn tiefer in die braune Brühe sinken. Allmählich erfasste in Panik, er war alleine im Wald und weit und breit kein Mensch. Er konnte sich jedoch helfen, in dem er sich mit dem Gewehr und dem daran befestigten Riemen an einem Aststumpf einer Krüppelkiefer einhängte, den er gerade noch erreichen konnte.

So zog er sich aus dem Moor, die Gummistiefel blieben im Grundlosen. In Socken kam er Zuhause an. Diese Geschichte hatte seine Kinder immer fasziniert. Ob wohl die Tochter jetzt daran dachte?

Leichter Nebel zog auf, man konnte aber noch gut über die Lichtung sehen. Mädchen und Hund waren mit dem Fernglas nicht zu erkennen. Hoffentlich waren sie nicht eingeschlafen!

Gegen halb zwölf wechselte ein Sprung Rehe vorbei. Sie sprangen ohne einen Laut ab, als sie die Witterung des Hundes wahrnahmen. Der Kopf des Hundes war kurz hochgekommen, aber nun nicht mehr zu sehen. In kurzen Abständen sah Geitberg auf die Uhr, die Zeit schien nicht zu verstreichen. Die Schatten der Bäume wurden immer kürzer, der Mond stand inzwischen hoch am Himmel.

Kurz vor Mitternacht hörte man im Wald einen Ast knacken.

Eindeutig kam da jemand.

Aber nicht vom Parkplatz her, sondern aus der Richtung von Riesen. Damit hatten sie nicht gerechnet.

Könnte das auch Wild sein?

Das unbekannte Wesen ging nicht auf die freie Fläche heraus, sondern blieb am Waldrand stehen.

Mit dem Nachtglas war nichts zu erkennen.

Masser flüsterte: „Dort steht ein Mensch."

Mit seinem Nachtsichtgerät konnte er tiefer in den Wald hinein schauen.

Unmittelbar vor zwölf Uhr flüsterte Geitberg ins Mikrofon:

„Achtung, es geht los."

Das Mädchen richtete sich halb auf, blieb aber unter dem Store, sie war so nur undeutlich zu erkennen, und fing zu weinen an. Vom Hund war nichts zu sehen.

Es war wirklich unheimlich. Auch den Männern lief es kalt über den Rücken. Jetzt trat der Mensch aus dem Wald und ging zügig zur Mitte der Lichtung.

Er folgte den Biegungen des Pfades, war auffallend klein.

Geitberg überlegte fieberhaft, um wen es sich handeln könne. Seine Verdächtigten waren alle größer.

Am liebsten hätte er die Aktion abgeblasen.

Er hörte im Kopfhörer die Stimme des Menschen, es war eine Frauenstimme.

„Apollonia, bist du das?"

Das Mädchen verstellte seine Stimme geschickt und fragte schluchzend zurück: „Wer bist du?"

„Kennst du mich nicht mehr, ich bin deine Mutter?“

„Wer hat mich getötet?“

„Niemand! Bei Gott, es war ein Unfall. Ich wollte dich schlagen, da bist du vom Heuboden gestürzt.“

Während des Gesprächs war Frau Reiter, um die es sich zweifellos handelte, immer näher an das Mädchen herangekommen.

Offensichtlich wurde es Pluto unbehaglich, er klappte sein Gebiss auf und fing zu knurren an.

Wie muss die Frau erschrocken sein?

Äußerst angespannt, in größter Seelenqual, der blauschwarze Hund war in der Dunkelheit nicht zu sehen, und da öffnet sich plötzlich ein weißer Rachen und ein tiefes Knurren ertönt.

Voller Entsetzen fuhr die Frau zurück und rannte laut heulend dorthin, wo sie hergekommen war.

Und was den anderen unerklärlich war und was der Hund noch nie gemacht hatte: Pluto jaulte hinter der Frau her, als wären sämtliche Geister der Unterwelt losgelassen.

Geitberg turnte vom Hochsitz herunter und rannte, was er konnte, zu seiner Tochter.

Schwer atmend fragte er sie, ob alles in Ordnung sei?

Sie warf sich in seine Arme und weinte: „Das war fürchterlich. Die Frau tut mir so Leid.“

Dann sammelten sie die Iso-Matte und den Vorhang auf und marschierten auf dem schmalen Weg hintereinander zum Parkplatz, um auf den Wagen zu warten, der sie abholen sollte.

Weithin in der nächtlichen Stille war das Quäken von Funksprechgeräten zuhören,

Masser dirigierte seine Leute.

Es war zwar nicht abgesprochen worden, aber Geitberg hatte schon damit gerechnet, dass noch andere Beamte im Wald versteckt waren. Bald kam der Polizeiwagen, sie wurden direkt nach Hause gebracht, die kugelsichere Weste blieb im Fahrzeug.

Frau Geitberg war noch wach, die Sorge hatte sie nicht schlafen lassen, und die Tochter musste sofort erzählen, wie es gelaufen war. Die Mutter hatte warme Milch mit Honig bereitet, ein altes Hausmittel, das beim Einschlafen helfen sollte.

Sehr erleichtert, dass ihr Kind wohlbehalten war, gingen die Eltern zu Bett. Herr Geitberg hatte wieder einmal ein schlechtes Gewissen, es hätte auch etwas passieren können.

7. November

Um acht Uhr morgens saß Geitberg wie üblich an seinem Schreibtisch und sortierte unausgeschlafen die eingegangene Post.

Ein Schreiben des Rindergesundheitsdienstes fiel ihm auf:

Vor einigen Wochen hatte Geitberg mit zwei Helfern des Viehversicherungsvereins einen Betrieb kontrolliert, in dem vermehrt Schadensfälle bei den Kühen aufgetreten waren. Er war sich seiner Diagnose nicht sicher gewesen und hatte den Gesundheitsdienst zugezogen.

Der Kollege war vor Ort gewesen und hatte die Herde systematisch untersucht. Der Bericht über die Untersuchungen lag nun vor.

Offensichtlich lag eine Herdenerkrankung durch den Erreger Clostridium botulinum vor. Typisch für diese Krankheit sind plötzliche Todesfälle bei erwachsenen Rindern.

Durch eine Impfung sei eine deutliche Besserung zu erwarten. Und der Kollege schrieb als Nachsatz: auf eine übersinnliche Einflussnahme gibt es keinen Hinweis.

Geitberg nahm diese Aussage hocherfreut zur Kenntnis und legte den Befund zu den Akten.

Schließlich konnte er seine Neugierde nicht mehr zügeln und rief beim WKD an. Der Masser sei unterwegs, würde aber zurückrufen, wenn er auf die Dienststelle käme.

Der Vormittag verging mit Schreibarbeiten und Geitberg kochte vor sich hin.

Neugierde kann sehr schmerzhaft sein.

Am frühen Nachmittag rief die Klassenlehrerin seiner Tochter bei ihm an und erkundigte sich nach den Vorfällen dieser Nacht. Das Mädchen hatte derartig aufgeschnitten, dass die wildesten Gerüchte kursierten.

Er stotterte am Telefon herum und versuchte die Ereignisse der Nacht als bedeutungslos abzuwerten, was ihm aber nicht gelang.

Sie waren ja auch zu absurd. Er beendete das Gespräch, und war sich sicher, dass die Lehrerin ihn für verrückt hielt.

Erst am späten Nachmittag meldete sich Masser und erkundigte sich scheinheilig, warum er zurückrufen sollte.

Er erzählte stolz: „Wir konnten Frau Reiter noch auf dem Weg nach Hause festnehmen, vielleicht war das sogar gut, sie war kurz vor einem Nervenzusammenbruch.

Der Polizeiarzt hat sie sofort ins Krankenhaus eingewiesen. Sie bekam ein Beruhigungsmittel und hat bis heute Mittag geschlafen.

Auf dem Hof wäre sie vielleicht zusammengebrochen und hätte keine Hilfe bekommen. Bei der Vernehmung hat sie alles zugegeben. Es war anscheinend wirklich ein Unglücksfall:

Hans Riedvogel war gekommen und wollte Apollonia überreden, zu ihm zu kommen.

Die Mutter und ihre Tochter waren auf dem Heuboden, um den Tieren Futter herunter zu werfen. Dabei stritten sie sich, weil Apollonia auf den Waldhof gehen und nicht mehr zurückkommen wollte.

Riedvogel stand unten auf der Tenne und versuchte mitzureden.

Die Mutter wollte ihrer Tochter eine Ohrfeige geben, um sie zur Besinnung zu bringen.

Apollonia wich aus, stolperte und fiel auf den Tennenboden. Sie brach sich das Genick und war auf der Stelle tot.

Herr Riedvogel und Frau Reiter einigten sich darauf, die Leiche verschwinden zu lassen,

Frau Reiter hatte Angst vor ihrem Mann. Er hatte sie schon öfters verprügelt und war bekannt für seinen Jähzorn. Darum ließ sie auch den Pass von Apollonia verschwinden, ihr Mann sollte glauben, sie sei mit der Sekte weg.

Riedvogel, dieser Pechvogel, nahm in seiner Hilflosigkeit und Gutmütigkeit die Leiche mit, du hast sie dann wieder gefunden.

Er wollte sie genau auf die Weise, die du vermutest hast, verschwinden lassen. Die fehlenden Leichenteile hat er bereits in zwei Kühen über die Tierkörperbeseitigungsanstalt spurlos versorgt. Er wartete noch auf zwei Kühe, die kalbten, dann wäre die Leiche auf Nimmerwiedersehen verschwunden gewesen und alle hätten geglaubt, das Mädchen sei in Amerika.

Er sitzt im Moment im Gefängnis, wird aber sicher bald wieder freigelassen.

Juristisch ist das ein ganz schwieriger Fall.

Ich glaube nicht, dass man der Mutter Totschlag oder Körperverletzung mit Todesfolge anhängen kann.

Da es sich, und davon gehen wir mal aus, um einen Unglücksfall handelt, ist das nicht einmal Beihilfe zur Vertuschung einer Straftat.

Dann sind die natürlich auch noch mit dem Bestattungsgesetz in Konflikt gekommen. Es könnte sein, dass Riedvogel auch noch wegen Störung der Totenruhe oder ähnlichen Vergehen belangt wird. Jedenfalls ist das eine ganz ungewöhnliche Angelegenheit, die Kollegen sind noch am Überprüfen.

Wahrscheinlich kommen die Mutter und Riedvogel ungeschoren davon. Von meinem Gerechtigkeitsempfinden her wäre das auch richtig."

Geitberg war zufrieden und fuhr nach Hause, um mit seiner Tochter zu streiten. Einerseits war er ärgerlich, weil er sich auf ihre Verschwiegenheit verlassen hatte. Andererseits war er natürlich sehr stolz auf den Mut des Mädchens.

So war er in einer schlechten Ausgangsposition und verlor den Streit nach Punkten. Als dann seine Tochter ihm auch noch ein Bier aus dem Keller holte und es perfekt servierte, war er völlig geschlagen und verkroch sich hinter der Zeitung.

8. November

Am nächsten Tag stand nur Routine an.

Masser und Geitberg kontrollierten einige Gastwirtschaften, die sauber waren und unauffällig.

Bei der Kaffeepause diskutierten sie natürlich noch einmal die Vorgänge der letzten Tage.

Masser hatte inzwischen erfahren, dass Riedvogel seine Tiere bei den Reiters eingestellt hatte, um sie auszumästen. Den Handel mit Helmer hatte er rückgängig gemacht.

„Vielleicht ist das der Königsweg. Wenn Riedvogel sich bei den Reiters beschäftigt, hat er jemand, der auf ihn aufpasst. Und die Reiters haben jemanden, der ihnen die Arbeit macht.

Und auf dem Hof kriegt er garantiert nichts zu saufen, das sind Abstinenzler. Vielleicht bekommt er auch noch das Beten beigebracht, dann ist er endgültig versorgt.

Ich habe noch eine Information bekommen.

Erinnerst du dich an die Metzgerei Forster in Wiesental, die wir geschlossen haben? Der macht munter weiter, als wäre nichts gewesen.

Er schlachtet nur am Wochenende, da meinte er, dass wir ihn nicht erwischen. Wenn wir hinkommen, wird er behaupten, er würde nur für seinen Privatbedarf schlachten.

Die Wurst fährt er dann an den Abenden im Kofferraum aus, und verkauft sie direkt vom Auto aus in den Gastwirtschaften. Vor allem fährt er ins bayerische Gebiet, da können wir ihn nicht erreichen."

„Dann müssen wir einmal am Samstag hinfahren. Die bayerischen Kollegen informiere ich, aber wahrscheinlich haben wir wenig Erfolg."

Bald waren sie wieder unterwegs. Sie schlossen noch ein Lokal, das weithin für seinen Wein berühmt war. Weniger begeisternd waren Unmengen von Kakerlaken, die sich in der Küche bewegten. In allen Schubladen, in und unter allen Schränken, überall fanden sie die Tierchen. Die Wirtin trug einen Kittel, auf dem man den Dreck der letzten Monate sehen konnte.

Geitberg empfahl ihr, korrekte Arbeitskleidung anzuziehen. Sie verschwand und kam gleich darauf stolz wieder mit einem frischen Arbeitskittel.

Dieses Kleidungsstück war zwar frisch gewaschen und gebügelt, aber auf dem Rücken der Dame saß eine große Kakerlake.

Das reichte: Masser ging in die Gaststube, wo einige Gäste saßen und sprach laut in den Raum hinein: „Bitte verlassen Sie das Lokal, es ist mit sofortiger Wirkung geschlossen."

Die Wirtin erklärte den Gästen kleinlaut, dass alle Rechnungen beglichen seien, die Gäste stolperten hinaus und platzten schier vor Neugierde.

Die Türe wurde von innen zugeschlossen und an das Fenster kam ein Schild „Wegen Renovierung geschlossen".

Die Beamten ordneten noch an, dass der Kammerjäger den gesamten Betrieb entwesen müsste. Ausserdem kündigten sie an, dass erst aufgemacht werden dürfe, wenn sie alles nochmals überprüft hätten, und verließen das Lokal.

„Gut, dass Weinflaschen verschlossen sind, sonst wären die Kakerlaken auch da drin Baden gegangen."

Damit hatten sie für diesen Vormittag genug geleistet und beschlossen, ihre Tour zu beenden

Geitberg schlug vor, auf dem Rückweg noch bei einem Imker vorbeizufahren, bei dem er schon seit langem Honig holte. Er war dort ein gern gesehener Gast, weil er auch nach dem Mischlingshund „Bobbele" sah.

Das Imkerehepaar hatte keine Kinder und Bobbele war die wichtigste Person im Haus.

Im nächsten Ort fanden sie das Anwesen und Masser ging mit hinein, weil er auch Honig kaufen wollte.

Die Frau begrüßte sie herzlich, und begann sofort zu klagen, dass Bobbele vor vierzehn Tagen verstorben sei. Des Langen und

Breiten erklärte sie den Krankheitsverlauf mit allen Einzelheiten bis zum Tod des Hundes. Dabei traten ihr die Tränen in die Augen und sie fing zu schluchzen an.

Dann verkaufte sie den beiden Männern Honig und beruhigte sich allmählich wieder.

Irgendwann beim Abschied fragte Geitberg nach dem Wohlergehen ihres Mannes. Gleichgültig und kurz angebunden erwähnte sie, dass er vor vier Wochen verstorben sei.

Mit dem nächsten Satz war sie bereits wieder bei Bobbele.

Masser drehte sich schnell um und seine Schultern begannen zu zucken.

Auch Geitberg hatte Mühe, sein Gesicht unter Kontrolle zu halten - sie beendeten den Besuch und hatte es eilig, in den Wagen zu kommen.

Kaum waren sie außer Sicht- und Hörweite fuhr Masser an den Straßenrand und sie lachten Tränen. Jedes Mal, wenn sie auf der Weiterfahrt das Wort Bobbele erwähnten, bekamen sie wieder Lachanfälle.